U0005484

Georges
Albert
Maurice
Victor
Bataille
Georges
Albert
Maurice
Victor
Bataille

夜讀 巴塔耶

朱嘉漢 著

推薦序──在夜的深處閱讀

尉光吉

如何閱讀巴塔耶，閱讀這麼一位謎樣又複雜的人物？在逗點學校「夜讀巴塔耶」的講座上，朱嘉漢給出了他的回答，那就是試著體驗巴塔耶的體驗，借助動詞「是」的強大連結力，把每一位讀者變成巴塔耶本人，大膽地說出那句話：「我是巴塔耶。」但「我」是哪一個巴塔耶？在巴塔耶文本遍布的「我」之遊戲裡，這個第一人稱的主體永遠是破碎的鏡像、錯亂的分身：「我是太陽」，「我也是黑夜」；「我是星辰」，「我也是戰爭」；「我是上帝」，「我也是死亡」；「我是聖徒」，「我也是瘋子」；「我是狄奧尼索斯」，「我也是被釘上十字架的人」……所以，成為巴塔耶意味著扮演無數迥異的角色，而閱讀則如同受邀參加一場以他之名舉辦的假面舞會，在戲仿的狂歡中，每一個戴著面具的「我」終將迷失各自的身分並融為一體。這是巴塔耶的世界

為渴望達成共同體的讀者們準備的入會儀式。為此，它恰恰要求放棄對「我」的執守，轉而尋求未知的「他」。閱讀巴塔耶難道不是在踐行韓波的箴言「我即他者」嗎？閱讀就這樣成為了最弔詭的書寫，一種把自我當成他者來想像並展開的傳記書寫。朱嘉漢的這本書不只是善意的手從思想迷宮中拋出的一條老練的引線，它更是召喚我們進入巴塔耶生命並替巴塔耶說話的迷人誘餌。這誠然是一場理論的冒險，卻也是一次精神的探祕。「我」是誰？「我」在哪裡？「我」為何窒息，為何痙攣，為何流淚，又為何狂喜？只有深入異名的「我」構成的敘述譜系，「我」背後他者的身影和位置，才能得到辨別和復原，而「我」對越界和耗費、情色和死亡的迷戀，也能找到其幽深的源頭。如此的閱讀鋪設了誘捕「我」的令人眼花繚亂的漩渦，它會用沉醉吞噬清醒，用晦暗消融明晰，它註定會是一場夜間的閱

讀。而深夜不也是巴塔耶寫作的時間嗎？只有在夜裡，他才述說他的孤獨、他的絕望、他的痛苦、他的迷狂。或許，只有在同樣陰柔的夜色裡，寫作才找回了其陰性的力量。的確，巴塔耶曾熱衷於太陽，熱衷於白晝的強大光線，但在眼睛與太陽的相遇裡，巴塔耶追求的是眩暈的可能，是目盲的不可見。正如尼采的查拉圖斯特拉所言，正午的太陽不也是黑夜嗎？於是，在戰火中，巴塔耶徹底從正午走向了子夜，走向了其非知的黑夜，其內在的體驗。疲倦和夢屬於黑夜，死亡屬於黑夜，情色也屬於黑夜。深夜空蕩蕩的街頭，他曾是頭頂雨傘的迷茫少年，也曾是買醉尋樂的浪蕩之徒，他行走在陰影下，只為奔赴幽暗拱門的更深之處，就如奔赴言語的沉默和生命的死地。現在，夜幕已至，是時候重走巴塔耶的茫茫黑夜漫遊，開啟一次名副其實的夜讀之旅了。

（本文作者為青年學者、譯者，「拜德雅・巴塔耶文集」主編）

目次

第一部

「我等待鐘聲響起／

從那發出叫喊／

我將走入黑暗」

—— 進入巴塔耶的世界

第二部

「讓我窒息的詞語啊／

　放過我吧／

　我渴望／

　其他事物」

——夜讀巴塔耶

第三部

「話語一直以來都是逃離我的」

——巴塔耶文選

編輯室報告

1. 本書提及諸多巴塔耶同世代作家或友人，為增進閱讀流暢，於臺灣有專書出版或普世知名度較高者，不另附原文對照。

2. 真實人生難以切割斷代，第一部之巴塔耶生平年代區塊偶有重疊，特此說明。

第四部

「我冒犯我體內的宇宙」

——附錄

序——巴塔耶與我

我在二十歲那年遇到巴塔耶。

當時我在天母的二手書店打工。我延畢，等待入伍徵召，對於前途沒有光明的想像，內心卻有種巨大的不甘心。像是我念茲在茲的寫作，明明嚮往著寫出世上最傑出、最動人的作品，卻連個稍微像樣的作品都沒有。我怨恨自己的渺小，也被巨大的野心折磨。

某天，工作時，我無意間收到一套「世界性文學名著大系」的套書。我作為稱職的店員嗅覺還算靈敏，除了好好收藏且沒有賤賣掉這夢幻套書外，也禁不起誘惑去翻看。從套書抽出的第一本書，就是巴塔耶的《愛華坦夫人及其他》。

還記得讀完時，我內心有難以言喻的激動。覺得這本書與我讀過的任何一本書都不一樣。想要大聲告訴全世界，這裡有個很厲害的作家。

但與此同時，我不知道如何分享起。首先，我對巴塔耶其人所知甚少。其次，我缺乏言語來轉述內心那無可比擬的激流。

　　作為店員，我有幸接觸到這本書，雖然，基於某種職業倫理，我也不能占有這本書。於是，讀完那一回後，我記在心裡，放回了那本書。我想總會再遇到他的。只要我繼續探索，繼續欲想著創作，我就不可能迴避巴塔耶。

　　後來，學了法文，到了法國留學。我選擇人類學家牟斯作為論文研究起點。不知道出自於故意或是巧合，總之這樣，我離巴塔耶就不會那麼遠。憑藉著人類學的基礎，與留法期間多少累積的歐洲哲學養分，對於巴塔耶的思想與論述方面，我能夠較有系統地理解，甚至能夠解釋了。

　　不過，巴塔耶最吸引我的，還是他語焉不

詳的句子、戛然而止的敘述，還有令人心碎萬分的吶喊，戰慄不已的狂喜狀態。這些理論難以解釋的、私密的、陌生的聲音，反倒是我會反覆閱讀巴塔耶的原因。換句話說，在找到清晰的方式系統地解釋巴塔耶的思想後，我更珍惜他無法輕易被理論化約的地方。

很奇妙。巴塔耶寫作裡呈現的規則破壞、瘋言瘋語到失語、碎裂斷片的字句，反而是在我漫長的創作摸索期遇上瓶頸、甚至發生過閱讀的厭食症（讀什麼都不對的狀況）時，最可靠的救命繩索。

讀著巴塔耶的法文，並不感到陌生，因為巴塔耶總是在陌生中探索。甚至翻譯成中文後，譯文的陌生感，其實有時更能讓人喜歡上巴塔耶——畢竟他的作品不排拒任何晦澀，可以容納許多無法在系統裡被歸類的事物。

我也在巴塔耶的文字碎片中，慢慢拼湊起

自己。我第一本長篇小說集《禮物》有收錄一篇〈阿奴斯・索雷爾〉，短短的篇幅，全是用巴塔耶含有「我」的句子拼湊而成。除了展現技巧、玩弄概念外，也是我的某種致敬，將巴塔耶放進自己的小說裡，而且試圖挑戰他，在意識的深處與他認真交手。這也是我目前為止私心最喜歡的一篇創作，這樣的作品，我是不可能再寫第二次的。

　　現在，即將交到你們手上的這本《夜讀巴塔耶》，源自於種種意外。關於成書中間發生的故事，我決定留待將來說明。簡單來說，在替逗點文創寫了睽違已久的《眼睛的故事》以及《聖神・死人》的推薦序後，在總編輯陳夏民的安排與鼓勵下，2018年我們連續辦了數場「夜讀巴塔耶」講座。每回講座，都準備數千字的講義，包括主題解釋，以及文本選譯。以

此為架構，發展出了這本小書。

對我而言，意外地寫出一本書固然可喜，最大的收穫還是可以理所當然地密集重讀巴塔耶。也終於有機會，可以書寫「我的巴塔耶」。我發現客觀地評析巴塔耶是不可能的。因此，在這本書裡，我盡最大的可能去武斷地寫，用我最為本質的思考習性，與巴塔耶對撞。甚至某種情況下，不只是所有格（「我的」），而是最單純的系詞：我是巴塔耶。

因為這不可能的狂想，讓我在書寫時得到最大的歡愉。

我期待這本書任何平易近人、方便理解的部分，能引導人們進入巴塔耶更難以理解、晦澀、令人困惑的領域。而閱讀巴塔耶最簡單、也是最好的方法，就是直接面對他，直接感受他帶來的感官刺激、觀念範疇的瓦解，以及巨

大的抒情能量。

　　現在，讀者們，換你們了。接下來的，就是你們的「我」去夜讀巴塔耶，去創造屬於你們眼睛的故事。

第一部

「我等待鐘
／從那發出
／我將走入

響起叫喊「黑暗」

——進入巴塔耶的世界

聖人或瘋子：巴塔耶小傳

上帝是盲人，我是祂眼中所創造出的形象：
童年與父親（1897-1912）

「和絕大多數的男性嬰兒相反，我並不愛戀我的母親，我愛的是父親。」

談論巴塔耶的人生，最好從父親開始。

喬治．巴塔耶出生於1897年，是家中次子。在他出生的時候，父親已染上嚴重梅毒，雙眼失明。

他出生不久，舉家便搬到法國香檳區的漢斯（Reims）城。這座城市除了以酒聞名外，亦是座神聖之城。漢斯大教堂（Notre-Dame de Reims）是法國多任國王接受加冕之地，也是聖女貞德在戰亂中收復土地護送查理七世接受加冕的場所。然而，他的家庭給予他是全然無信仰的教育：父親不信神，母親對信仰毫不關心。

關於巴塔耶的童年，事實上就連專業的傳記史家也沒能挖掘出太多可信的資料。巴塔耶的哥哥曾經駁斥巴塔耶聲稱母親發瘋的說法。不過大體上兄弟兩人對於童年那段時光的說法是沒有出入的。

　　父親的病從來沒有痊癒過，除了全盲、身體癱瘓到無法自理外，還有發瘋的問題。這是影響巴塔耶最深的部分。我們也許永遠無法得知巴塔耶童年的真相，但可以從日後他的作家生涯當中明白，這經驗深烙在他的核心之處，是無法痊癒的創傷。

　　巴塔耶曾以較為隱晦的方式，讓人分不清楚是想像虛構、夢境還是現實，書寫起童年的某段經歷：「我看著父親怨毒的微笑，盲眼的他將猥褻的雙手伸向我。這是我最恐怖的回憶。……這回憶給我帶來的印象，使我想起父親年輕時，想要給我粗暴地塞進某個東西，以

取得快感。我在三歲左右光著身子坐在父親的膝蓋上，他充滿血的陰莖如同太陽。那是拿來玩套圈圈的。父親打我耳光，而我看見了太陽。」無論是否真有其事，那也許都是長存在童年心靈中的恐懼圖像，父親是一種恐怖的、怪異的絕對權威，儘管他是廢人。另外，這段後人整理出土的文字，也間接回答了為什麼巴塔耶的寫作經常出現「太陽」，那是象徵父親，甚至父親的陽具：力量巨大且無法直視，暗喻最大的恐懼與歡愉，以及死亡的意象。[1]

　　巴塔耶比較清楚寫出關於父親的回憶，是在《眼睛的故事》裡 —— 所有的故事走過高潮後，突然插入一段的〈巧合〉。作者突兀打

---

1. 另外，這段直述，我們也可以借來理解他最難解的文章之一《太陽肛門》。為什麼將「太陽」與「肛門」連結？為什麼「我是太陽」這句話有如此大的反應？

斷敘述，並說起父親。他談到幫癱瘓的父親處理便溺的情景：「他瞪著一雙巨大的眼睛，在撒尿的時候幾乎徹底地茫然，並伴有一種讓人完全震驚的表情，一種狂熱和反常的表情。的確，那個他自己才能看見的世界，只會激起他模糊地輕蔑而不屑的笑聲。」

類似的場景也寫在〈W.-C.〉當中：「他痛苦下床（在我的幫助下），穿著襯衫，頭髮梳理好，更常戴著毛帽，然後坐在一個盤子上（他留著短短亂亂的白鬍子，老鷹般的大鼻子與墓穴般的大眼，凝視著空無）。事情發生時，『雷擊般的痛苦』使他發出野獸般的嚎叫，痛苦地彎著雙腿，徒勞地夾著雙臂。」

1911年，巴塔耶這位總是吊車尾的壞學生突然輟學。沒有人知道這男孩身上發生什麼事。他成日騎腳踏車遊蕩在城郊與森林。漸漸地，愛著父親的男孩，在晃蕩中，這份情感

變成「深沉的、無意識的恨意」。也是同個時候，父親的瘋狂越來越嚴重。巴塔耶的母親束手無策，請來了醫生。醫生看完後，才剛走出房間，巴塔耶的父親便在後頭大喊：「醫生，當你幹完我老婆後，就和我說一聲。」這場景，後來寫進《眼睛的故事》的〈巧合〉章節之中，像是精神分析當中的創傷，深深影響性格，也牽引他寫下這個作品。

信仰與敬愛父親的情感。那個如同太陽（暴露著性器）殘暴，令他恐懼又感到愉悅的父親。父親所教給他的信仰，是父親對世間一切的不信仰：若有上帝，那便是對一切的否定、拒絕、無法溝通的絕對力量。在小小的巴塔耶的心靈裡，沒有什麼比父親的癱軟無力還要有力量的，沒有什麼真理比父親瘋狂的舉止還要有吸引力的。

父親喊出那句瘋語，使得巴塔耶的世界

崩解，預告了他未來將不斷搏鬥的命運：「我從不停留於這樣的回憶，因為對我而言，它們早就喪失了一切情感的重要性。我無法讓它們復活，只能讓之變形，變得初看上去不可辨認——因為在那樣的畸變中，它們獲得了最淫穢的意義。」

戰爭與信仰，以及文學的啟蒙（1913-1918）

我們可以說，巴塔耶的童年在那句話當中終結了。一切人的希望呼喊、秩序和諧的追求、良善的希望，都瞬間崩毀。

吊車尾且輟學的巴塔耶在1913年回到了學校，到漢斯城南的學校當了寄宿生。也許醒悟了什麼，他開始認真唸書。1914年，巴塔耶十七歲時，儘管成績不優秀，卻通過了高中畢業會考的第一階段。

然而比起學業的「開竅」，難以理解的是他對天主教的信仰。

　　這可能是因為背離父母而產生的巨大熱情──既然父母沒有信仰，青少年的叛逆就展現在對宗教信仰的熱情上。也藉由信仰的熱情，取代了對父親權威的敬愛與懼怕。

　　總之，儘管是短暫的青少年時期，這仍然是重要的標誌。巴塔耶在這個時期，每週去向神父懺悔，然而他日後寫道：「我的虔誠只是試圖洗脫罪名：我願付出一切代價逃離命運，我拋棄了父親。」

　　巴塔耶信仰了天主教，又於二十歲左右放棄了天主教。不過仔細看來，背後推動的都是宗教般的熱情。他與他熱愛的尼采一樣，文字裡經常出現反基督的宣言。像他在《內在經驗》寫的：「我祈禱：『上帝明白我的努力，請賜予我你的盲眼所看見的夜晚。』」或是

《母親》裡：「上帝是我身上的恐懼，是對於那些曾經發生、正要發生和將要發生的可怕之事的恐懼，我不顧一切否認這可怕的東西。可是我在說謊。」這一類句子像是針或刀片，在巴塔耶原來已經猶如碎片的書寫當中，往往更令人怵目驚心。比銳利更銳利，深深插在作者自身的形象上。我們可以在他身上見證：否定信仰，需要更大的信仰；絕對地否定神，需要最大的虔誠。巴塔耶的一切思索，包括最誘惑人的情色書寫，全是源自於此。

巴塔耶在宗教中，看見了極端的事物是如何可能極端地連結在一起，可以同時思考、瀕臨極限的體驗。透過思考神的存在，他可以將「善／惡」、「純潔／污穢」、「可能／不可能」拉到極致中思考，甚至打破思考慣性。然而，怎樣去實踐思考呢？

答案顯而易見，就在這個年紀，他發現了

寫作。

　　巴塔耶認為寫作是他在這世界上的任務，特別是要使一種矛盾的哲學達到完美。書寫一事貫穿了巴塔耶的一生，所有的矛盾、最大的幸福與詛咒、超越善惡的價值、私密的記憶與向世人的吶喊，全部都落實在他的寫作之中。

　　除了信仰天主教與發現寫作外，1914年對於巴塔耶來說，還有一件重大的事件，就是一次世界大戰的爆發。漢斯城鄰近馬恩河，也就是兩次決定性戰役發生之地。漢斯迅速被占領，象徵神聖的大教堂也幾乎被毀掉了。戰爭是全面性的，在巨大的毀滅當中，巴塔耶對於瞬間的、巨大的、斷裂的、無法挽回的毀滅有了最深刻的體悟，並將這連結到至高的神聖性。像是父親曾帶給他的童年震撼與創傷，現在則以戰爭的形式，給予他的想像力最大的刺激。巴塔耶在這年寫作了《漢斯聖母院》的小

冊子，1918年曾低調出版，卻沒有流傳下來。

　　德軍占領前，巴塔耶與母親逃離漢斯，獨留下行動不便的父親與管家，哥哥則入伍服役。此時，巴塔耶的母親也精神崩潰了。馬恩河戰役的奇蹟，與漢斯的收復無法改變她，無論巴塔耶如何哀求，她都不願回去漢斯找父親。在戰事之中，僅有的聯繫是語焉不詳的信件，他寫道：「我們好不容易收到父親的信，裡頭徹底胡言亂語。當我們知道他瀕臨死亡，母親接受跟著我一起回去。他在我們回去前幾天過世，死前祈求孩子歸來；而我們在房間，看到的僅是封好的棺材。」

　　此後，巴塔耶的命運似乎永遠只能走向更遠。他在意識裡，已經犯下最大的罪：拋棄父親。

　　探索最大的罪，彷彿成了有罪者唯一的路；對命運抵死拒絕是領受悲劇命運的唯一姿

態：巴塔耶往後的文字裡，彷彿都在品嚐父親經歷的瘋狂、痛苦、孤獨、污穢，這同時卻是巴塔耶式的至高幸福。

當他父親以這個姿態死去時，巴塔耶的路，也決定了：不通向任何地方同時也通往「全部」的路。

為將來的思想鋪路（1916-1924）

父親死後的頭幾年，少年巴塔耶完全沉浸在宗教的冥思中。

1916年，剛成年的他被徵召入伍，即得了肺病，在病榻上他親自體會到了虛弱、無力，以及疾病狀態中發燒的瘋狂思想。疾病感從此伴隨他的一生。經過一年的療養後，他繼續投入研究，也重拾寫作。

他以不甚完美的成績通過高中第二次會

考。

　　這個時期，他嚮往起溫暖的家庭生活，可能也是他唯一一次嚮往普通人的幸福。巴塔耶的母親在發瘋之後由醫生德爾泰伊照料，巴塔耶與醫生之子喬治·德爾泰伊成為摯友。同時，他與同樣信仰虔誠的醫生之女、摯友之妹瑪麗產生了情愫，兩人的曖昧關係一直持續到1919年。不幸的是，他向瑪麗的父親提出請求，希望他同意自己與瑪麗的婚姻，德爾泰伊醫生拒絕了請求。

　　巴塔耶在私人的信件裡，告訴了表親：有個得梅毒的父親，以及發瘋的母親（況且醫生明瞭她的病史），他是不可能得到祝福的。這使得他異常沮喪，他前往一處又一處修道院參訪、短居，期待投入宗教平撫他對命運的詛咒。

　　在修道院裡，他接觸到不少哲學，對於

歷史與語言的認識也逐漸增加。成年的前後時光，巴塔耶幾乎都在修道院讀書度過。

1918年，巴塔耶進入位於巴黎近郊夏特（Chartes）的文獻學院（École des Chartes），成為古字體研究員與圖書館管理員。也在這時候，他在學業上展現了才華，從平庸的學生成為優秀的學生。他與哥哥、母親同住在巴黎雷恩街（Rue de Rennes），八年後才因結婚而搬離。

巴塔耶透過研究深思了宗教與道德，觸角深入中世紀與騎士精神。那時候也奠立起他對於中世紀歷史甚至史前史、美術史的專業。

為了文獻學院畢業論文，巴塔耶於1918年九月前往倫敦大英博物館尋找資料。在倫敦遇見了當時的法國大哲學家伯格森（Henri Bergson）。為了與他一同用餐，他讀了《笑》。但無論是作品與其人都令巴塔耶失

望。「笑」也是巴塔耶經常書寫與思索的，但他們徹底差異在於：伯格森的研究是在笑與滑稽之間的辯證、對於社會和諧的作用，巴塔耶的笑是瘋狂的、打斷了理性的、是進入虛無與消解的。

「淚中之笑。處死上帝是獻祭，使我顫抖的同時，無可救藥的大笑。」巴塔耶在這次的會面，發現自己的反面，任何企圖消弭矛盾的機會，都不會留存在他的思想中，這「淚中之笑（le rire dans les larmes）」可視作巴塔耶最終的情感圖像。

他的論文在1922年答辯，得到高度評價，並獲得進入馬德里高等研究中心（隸屬法國的研究單位）繼續研究。那年的五月七日，他在西班牙的鬥牛場上，看見當時二十歲、最為優秀的鬥牛士格拉內羅被公牛逼到場邊，並遭牛角撞刺三下，當場死亡。屍體抬下去時，

還掉下一只眼睛。這便是《眼睛的故事》第十章〈格拉內羅的眼睛〉的場景（連日期都一樣）。巴塔耶對於獻祭、巨大的死亡與高潮的思索，就在這最高強度的場景中烙印了下來。

　　同年六月，巴塔耶有了新的機會，法國國家圖書館提供一個印刷資料部的職位。他回到巴黎，與哥哥、母親同住。他那時有兩個情人，都是文獻學院時的同學，較重要的是柯萊特·勒尼耶（Colette Renié）。從他們留下的通信中，巴塔耶展現出日後我們較熟悉的風格：帶著憂鬱、抒情、絕望與狂熱；但同時，有無可救藥的孤獨。

　　他在文獻學院畢業前夕與梅特羅（Alfred Métraux）相識，梅特羅將在三〇年代帶著團隊橫越撒哈拉沙漠，進行法國第一次大規模的人類學研究。便是他引導巴塔耶進入人類學領

域，進而認識了牟斯（Marcel Mauss）。牟斯是法國社會學大師涂爾幹（Émile Durkheim）的外甥，一戰後承接舅舅的位置，重整受戰爭摧殘的法國社會學派。巴塔耶認識牟斯時，也恰好是他發展最重要的理論《禮物》的時候。在原先的哲學、歷史（美術史）與神學的基礎上，加入人類學的向度後，變得完整。尤其巴塔耶關於「神聖」的理論，是完全沿著涂爾幹社會學派的脈絡去發展的。巴塔耶日後在談論情色、宗教、犧牲、耗費等關鍵概念，背後最扎實的理論框架，正是牟斯教給他的涂爾幹學派。

關鍵的1922年，巴塔耶也發現了另一個朋友：尼采。這一年他讀了《不合時宜的思考》、《超越善惡》，決定性地，將巴塔耶的思考定錨。他亦結識了俄國流亡哲學家舍斯托夫（Léon Chestov），深化對尼采的理解。巴

塔耶不僅是思考上認同尼采，也在情感上深深投入尼采的思想中。他在《關於尼采》寫著：「幾乎沒有例外了，我在這世上的陪伴，僅有尼采。」

文學的起步：超現實主義與創作（1924-1928）

1924年十月，香榭大道上，在圖書館的同事引介下，巴塔耶與米歇爾‧萊希斯（Michel Leiris）相識。兩人當時相談甚歡，各自留下強烈的印象。巴塔耶也萌生了發起思想運動的念頭，並有意創辦／發行雜誌。他一直認為達達主義不夠激進，甚至不夠「蠢」，無法有超越性的力量。

然而就在這些討論不久，以布列東（André Breton）為首，發表了《超現實主義宣

言》，揭開超現實主義的序幕，而萊希斯立刻加入了行列。這使得巴塔耶相當失望。

　　即使面對超現實主義的態度不同，他與萊希斯締結的友誼並非毫無益處。他因此認識了畫家安德烈‧馬松（André Masson），巴塔耶日後許多出版品的配圖便是出自他手，馬松的畫也十分刺激巴塔耶的想像力。在馬松的沙龍，結識了亞陶（Antonin Artaud）、藍布爾（Georges Limbour）、馬克思‧亞卡伯（Max Jacob）等人。也透過這群體，他開始閱讀薩德侯爵的作品。也在這群志同道合的朋友交流中，原來喜歡逛妓院的巴塔耶，習性變得更加放蕩。

　　遲至1926年，在萊希斯的促成下讓巴塔耶與布列東碰面，彼此印象都不好。他們對彼此的壞印象不僅是針對其人，也在作品上面針鋒相對。布列東覺得巴塔耶偏執，巴塔耶則覺得

布列東無聊。不過兩人當時表面還是成為朋友，直到將來才決裂，彼此攻訐。

也慶幸有這些同質與異質的文友，在這些人的刺激下，巴塔耶嘗試寫些作品，儘管關於研究方面的文章全被退稿。

他寫了小說《W.-C.》，而他在給朋友們讀過後，又親自毀了手稿。只剩下在日後《渺小》一書當中留下同名短文，宣稱有這小說的存在，且吐露了自己童年回憶。這篇小說據說是《天空之藍》的雛形。以此判斷，巴塔耶的小說風格，已在此時悄悄成形了。

同樣是在馬松那個圈子，巴塔耶認識了對於他寫作極為重要的人：精神分析師阿德里安·博黑爾（Adrien Borel）。1925年，他同意博黑爾對他進行精神分析治療。本書開頭所說的早年父親對他近乎性侵害的記憶段落，很可能是為了精神分析治療而寫。關於治療的細節我們

無從得知，僅僅知道他在醫生的介紹下，看了1905年由西洋攝影師拍下的一張照片，主題是中國的一場凌遲。照片裡的被凌遲者，承受巨大痛苦卻彷彿身在至福的眼神深深烙在巴塔耶心中。巴塔耶對於精神分析的興趣，幾乎只在於分析自己。不過，至少以治療效果來說，似乎是好的。畢竟巴塔耶的精神狀況在當時已經有些危險，這樣的治療使他可以維持一定的社會生活。

精神分析使得巴塔耶的創作成為某種自我治療。1927年他創作出「松果眼（L'oeil pénial）」的圖像，描繪開在頭顱頂端直視太陽的眼睛，也寫起他最神祕，猶如神話的文本之一《太陽肛門》：「人的眼睛既無法容忍太陽、性和屍體，也無法容忍黑暗，只得以另外的方式來回應。」

與巴塔耶交好的朋友們多少與超現實主義

保持距離，甚至布列東認為是巴塔耶煽動一群人反對他。巴塔耶反對超現實主義，除了私下的批評外，終於拿出自己的創作來對抗。1928年，他以假名Lord Auch出版《眼睛的故事》。

《眼睛的故事》當然是巴塔耶最有名的小說。然而在他生前，這本書只在私下流通，而不是公開販售。弔詭的是，當時會讀這本書的也只有他所屬的文人圈子。換句話說，他們都是知情者，也多半與巴塔耶有私交。一直到他過世，他以多個假名寫的「情色主義小說」都沒被揭穿。

雖然《眼睛的故事》在技巧與情節人物上有許多地方可以挑剔，然而原創性十足。巴塔耶對於禁忌的挑戰直接而粗暴，迫近罪惡，令人無法喘息。加上故事中突然插入〈巧合〉一章的安排，強烈展現巴塔耶摧毀文學敘事合理性的優秀能力，使得這本書非常有革命性。這

本書最初印量只有一百三十四本，可是就是這樣的作品，使得巴塔耶在知識界，隱隱然成為不可忽略的作家。

進入成熟的年代（1929-1935）

1928年，巴塔耶與希爾維亞・馬克萊斯（Sylvia Maklès）成為夫妻。妻子的妹妹蘿絲嫁給了巴塔耶的好友馬松。

這段婚姻對巴塔耶毫無約束作用，巴塔耶嫖妓、賭博與酗酒，種種自我毀滅行徑仍然持續。兩人在1934年坦承婚姻破裂，卻直到1946年才正式離婚。有一說是因為希爾維亞是猶太裔，若在法國被占領時期離婚，可能有進集中營的危險。

日後，希爾維亞即使離婚，還保留著巴塔耶的夫姓，兩人育有一女。希爾維亞在三〇年

代初進入了電影圈，直到五〇年代才息影。在名導演尚·雷諾瓦（Jean Renoir，沒錯，就是那位印象派大師的兒子）執導的《鄉村的一日（Partie de campagne, 1936）》，不僅珍貴地留下她飾演女主角的美麗身影，也可以一瞥巴塔耶客串神學院學生。

關於巴塔耶的第一任妻子，還有一段故事需要補充。1938年左右，希爾維亞與巴塔耶的朋友——精神分析大師拉岡相愛。希爾維亞與拉岡交往時，兩人都各自有婚姻關係。希爾維亞與拉岡於1941年產下一女，這位女兒茱蒂·米勒（Judith Miller）後來與雅克－阿蘭·米勒（Jacques-Alan Miller）結婚，雅克-阿蘭也成為拉岡精神分析課程的主要整理者。希爾維亞與巴塔耶離婚後，直到1951年才與拉岡正式結婚。然而三人之間的情誼仍然維持不墜。

《眼睛的故事》讓巴塔耶在圈子內成為有

影響力之人。他白天當圖書館員，晚上創作，也受邀發表一些研究類的文章。

巴塔耶的文名漸漸受肯定。在1929年獲得青睞，在藝術商的資助下，創辦了期刊《檔案（Documents）》，談論「考古、美學、民族學」等等。這本期刊不管談論什麼主題，都致力於批判，以當時來看相當激進。撰稿的成員多半是原先參與過超現實主義後來卻漸行漸遠的人，上述的萊希斯也轉向了這裡。值得一提的是，李維史陀也以筆名G. Monnet在此發表過文章。這是巴塔耶首次展現出期刊編輯的才華，非常有他的風格——激烈、矛盾、分裂。巴塔耶的性格，容易讓身邊的關係矛盾又衝突，所以不意外地，期刊裡面撰稿的成員立場經常水火不容。

無論如何，成為《檔案》的編輯，意味著他掌握了一定的話語權，也漸漸成為年輕世代

的意見領袖。搭配上他原創性且刺激的觀念，建立起自己的地位。他首先攻擊的目標便是超現實主義。從第二期開始，單元〈批評辭典〉開始由不同的作者，針對一個個詞條闡述。這辭典毫無編排邏輯，恰是巴塔耶最喜愛的無序。巴塔耶對於超現實主義的唯心主義進行攻擊，也批評超現實主義雖然援引韓波的作品，卻對韓波的理解不夠。布列東自然無法對此視而不見，況且此時圍繞在巴塔耶身邊的人全是超現實主義叛逃的異端。

於是，我們可以看見一場較少人注意到的論戰：1929年，布列東發表《第二次超現實主義宣言》批判巴塔耶是「像盯著停在鼻頭上的蒼蠅的人一樣，推論著那些使其靠近死人、而非活人的東西……」、「不老實、有病」、「明顯的神經衰弱」。

引戰的文章激起了《檔案》一群人的反

擊。同時因為第二次的《宣言》其實是更徹底清掃運動裡的歧異聲音，使得被逐出超現實主義的參與者（譬如亞陶）加入巴塔耶的陣營，激化了對立。

巴塔耶寫了一篇〈薩德的使用價值〉，用來標示自己跟超現實主義的差別。他宣稱薩德作品的「無價值」，是非同質而是異質的。薩德對於唯物主義的至高崇尚，使得生命的損毀成為必然，並由虛無迫出更高的「超越」生命價值。

巴塔耶一直沒有停止對於超現實主義的反思。若說超現實主義的基本路線，是透過文學運動產生社會批判，進而解放人性。那麼巴塔耶的反對，非但不是傾向於保守，而是認為超現實主義從來沒有真正地激進過。他在觀念上，站在更激進的立場。巴塔耶採取尼采主義立場，否定超現實主義所張揚的價值。巴塔耶

認為，文學的最高價值，不在於可以當作武器批判社會，而是文學的強大力量，必須能詆毀其自身。所以，在他眼中，超現實主義不是走得太遠，而是不夠遠：更像某種自我沉溺，以為這樣的主張與運動，能夠改變世界，解放心靈。反觀巴塔耶，他追求的是更為極致，到語言的邊界、經驗的邊界。

《檔案》只出版了兩年共十六期，因為資金問題於1931年停刊。雖然焦躁，但對於思想與活動都在熾熱狀態的巴塔耶來說，他還有更多的事要做。

同個時代，巴塔耶接觸了共產主義。他對於物質與經濟的思考，在馬克思主義的刺激下，結合了他的興趣與人類學思考。

1933年，他於《社會批評》上發表了〈耗費的觀念〉。他將牟斯《禮物》中的理論，加上自己的思想，將人類的「損毀價值」、「遊

戲性」、「藉由損毀製造無用性而成為至高的價值」的概念拋出，也為往後的理論作品打下基礎。這篇文章更成為日後《被詛咒的部分》一書的主幹。

另外，他在1932到1934年間參加夸黑（Alexandre Koyré）與柯耶夫（Alexandre Kojève）的研討會，除了思想上感到「被扯斷、打碎、殺死了十次、窒息、凝滯」外，重要的是他認識了格諾（Raymond Queneau，我們熟悉的《風格練習》作者）、雷蒙·阿宏（Raymond Aron）、蓋伊瓦（Roger Caillois）、梅洛龐蒂（Maurice Merleau-Ponty）等人。他與柯耶夫也產生友誼，並以此時期的人脈，發展出另一個文學群體。

這時期的巴塔耶也著手創作了《天空之藍》，這作品的創作過程斷斷續續，到二戰爆發前夕才完成。這部只有密友看過的作品，

直到五〇年代才出版。序裡面他寫著：「可是我無法考慮這本書是否有足夠的價值。1935年我放棄出版這本書。現在，我的朋友讀過手稿後，為此深受感動，鼓勵我出版。我最終相信他們的判斷。雖然我或多或少忘記這部作品了。」

私生活上面，1931年，巴塔耶的母親過世。那晚，母親的屍體躺在床上，妻子與剛出生的女兒則在隔壁。守靈的巴塔耶情緒不是一般的哀悼，而是忍受著至親死亡誘發的性幻想。想要褻瀆死亡與對親人的慾望如此劇烈，在他心中留下難以抹滅的印象。之後這段經歷寫在《天空之藍》裡。

1934年婚姻破裂的巴塔耶，除了日常工作與思想工作外，行為越來越放縱，精神狀態也漸漸走向崩解。巴塔耶對於時代還是敏感的，尤其一觸即發的戰爭。法西斯的崛起令他感到

絕望，也將他推向極端糟糕的狀態。

　　大約1933年時，巴塔耶與攝影師朵拉・瑪爾（Dora Maar）有段似有若無的戀情，後來朵拉愛上了畢卡索，也成了畢卡索許多畫作的靈感來源。

　　另一個進入巴塔耶生命中的女人是勞兒・佩諾（Colette Laure Peignot）。從1934年開始，兩人維持一陣子關係。勞兒的哥哥夏爾與文壇交集較深，她於是也進入了文學圈。她與巴塔耶有些類似，內心追求革命，同時衰弱的身體與崩潰的精神則交織起某種難以理解的激情。她勾引過許多低俗的男人，包括自己的哥哥。在認識巴塔耶時，她與某位共產主義激進分子的同居關係已經走到盡頭。巴塔耶與勞兒相識，兩人的愛情十分奇妙，在精神上的刺激比肉體多得多。

　　這段時期巴塔耶交往的女人，或多或少

也呈現在小說《天空之藍》中三位女性的描寫上。

這兩年期間，巴塔耶的身體崩壞，也影響到了精神。這種狀態似乎又讓他想起年少時期：世界正在巨大變動，而自己無能為力，激起他更大的政治想像，包括革命、鮮血、死亡、毀滅，與他的耗費、越界、神的否定、情色、神聖結合一起。

戰前，社會學院的成立（1936-1939）

即使在身心崩裂的危機中，一切的關係都是脆弱的，巴塔耶還是對於思想與現世有關懷，雖然他的形式總是有些與眾不同。

甚至，出乎意料地，1935年末1936年初，巴塔耶與「敵人」布列東成立了「反擊（Contre-Attaque）」，反對資產階級、反民

主，也反教會、反共產主義跟反法西斯，徹底站在工人階級這邊。當然，成員間的理念與實踐的落差過大，在集會、宣言、發表演說之後，最後無疾而終。

巴塔耶對於權力的看法，以及他對於主權、改造社會的想法，其實不容易在當時被了解。巴塔耶的反法西斯策略，是建立超越法西斯的「父權、民族、資本」的超道德秩序。換句話說，雖是反對法西斯，巴塔耶激烈的程度卻讓人覺得他「比法西斯更加法西斯」。巴塔耶也為此受「反擊」團體的批評，該團體便因此瓦解。

這短暫的團體並不是毫無意義，巴塔耶在此次失敗後，火速構想另一種團體。正因為政治招致太多非議，他於是轉向更為內在，卻可能也是較能觸及他真正想嘗試的「無法觸及之處」，所謂的「神聖」。

他去西班牙探訪馬松，兩人討論後，新的構想成形，並依此由馬松畫出形象：無頭人（Acéphale）。他對這圖像如此說明：「我遇到了一個令我大笑的人，因為他沒有腦袋；他由無辜與罪惡構成，令我無比焦慮：他左手持鐵製武器，右手抓著彷彿燃燒著的神聖心臟。在爆發之中它結合了出生與死亡。他不是人，也不是神。他不是我，但比我還多：他的肚子是自己迷失於其中的迷宮，也使我一起迷失，在那裡我發現我就是他，一個怪物。」

《無頭人》期刊很快就創立，首刊於1936年四月發行。這回他的首要工作是處理關於尼采的問題，希望發展尼采式哲學的同時，不會落入法西斯傾向的誤解。這刊物的撰稿人除了之前在《檔案》與《反攻》交好的文人外，也陸續加上皮耶・克羅索斯基（Pierre Klossowski）、蓋伊瓦等人。

然而，這距離巴塔耶的真正目標尚是遙遠，因為他的終極目的，是想建立真正的宗教：神已死的宗教。

不僅僅準備發刊，裡頭的成員也定期聚會。像宗教組織，當中有些特殊儀式與歃血為盟，然而除了口風相當緊的參與者外，鮮少有外人知道裡面發生過什麼事。

同一時刻，1937年跟「無頭人」有關的組織「社會學院（Collège de Sociologie）」成立。

關於「社會學院」，若不是1995年歐里耶（Denis Hollier）以偵探般的精神，蒐集爬梳了所有未公開發表的演說稿以及龐大的史料，可能至今我們也無法了解這段歷史。雖取名為「學院」，實際上並不是學校，而是私密團體，每個月固定在盧森堡公園一帶的小書店聚會，設定主題並發表演說。演說的主題相當學術，他們認真學習涂爾幹社會學派的方法，對

感興趣的主題深入研究。超現實主義曾宣稱韓波的「改變自己」與馬克思的「改造社會」是同一件事，社會學院則摒棄這種天真，認為真正要努力的，不在「自己」與「世界」，而是在中間的「社會」。他們希望透過思考「神聖」而重新改造社會，促成新的連結感。不難看出他們的基本理論框架，是出自於涂爾幹的《宗教生活的基本形式》。

「社會學院」的成員中，發表最多、影響這群體運作最大的，是巴塔耶、萊希斯與蓋伊瓦。他們的演講當時鮮少在報刊上曝光。只有巴塔耶本身主持的《無頭人》上出現過宣言與若干文章，此外，則是伽利瑪出版社旗下《法國小說評論》的主編波朗（Jean Paulhan），刊登了蓋伊瓦的〈冬風〉、萊希斯的〈日常生活的神聖性〉。

社會學院運作第一年，巴塔耶當時深愛的

勞兒卻陷入重病，再度讓他體會死亡與愛的結合是如此痛苦萬分，又至高無上。他不顧家人反對，將勞兒的作品以《神聖》為標題集結出版。

第二年的講座更為豐富，但跟巴塔耶所有親自主導過的群體一樣，終究陷入矛盾與分崩離析。恰逢第二次世界大戰爆發，《無頭人》與社會學院遂畫下了句點。

戰事後方：創作的迸發（1939-1945）

在《有罪者》的開頭，巴塔耶留下了他於1939年戰事爆發的筆記：「我開始寫作的日期並非偶然。我因這事件動筆，即使不是為了討論這件事。寫下這些筆記，正因我無事可做。從現在開始，我必須任由自己思考。在那瞬間，我坦然的時刻來臨。」

這是巴塔耶最為動人的書寫展示，經過了三〇年代的洗禮，如同世界末日的戰爭來臨，讓他終於能夠反思年少所經歷的那場戰爭的真正意義。他在戰爭當中遭逢的孤獨與無能為力，使他想起他的父親遭拋棄的情景。他以最為孤獨的姿態，去思考戰爭的瘋狂。這極端的形式中，他也觸及了人類社會的本質。

我們可以將五年後出版的《有罪者》當作巴塔耶的戰時隨筆，並賦予沉思的性質。只不過同時保有私密性，許多人名地名的可辨痕跡皆遭抹除。

1940年，巴黎遭占領時，巴塔耶與同居人丹尼絲・勒・姜蒂（Denise Rollin-Le Gentil）曾逃亡，但不久後又返回巴黎。這位女子與巴塔耶共度三年，也曾讓他留下一些文字，但終究不如勞兒那般撕心裂肺。

法國淪陷，當時旅居在巴黎也參與過

「社會學院」聚會的瓦特・班雅明（Walter Benjamin），在逃離巴黎前，將手稿交付給巴塔耶，他妥善將這《拱廊街計畫》手稿保存在國家圖書館。而班雅明未能逃過一劫。

這一年年底，巴塔耶遇上另一個能讓他思想再度前推的莫逆之交莫里斯・布朗修（Maurice Blanchot）。後者剛完成第一部小說《黑暗托馬》。

在這段期間，他撰寫起《內在經驗》與《艾德瓦爾達夫人》。《艾德瓦爾達夫人》以筆名Pierre Angélique出版，布朗修稱之為「我們時代最美麗的記述」。巴塔耶這作品也顯示了他思考的轉向。《眼睛的故事》的碎裂與冷血疏離，或是三〇年代的思索，多少顯示了他對於詩性的距離。到了《艾德瓦爾達夫人》這篇小說，巴塔耶天生的詩性語言終於得到解放。這並不代表他妥協了任何事，正因為詩

性，他將原來的思想推往更遠，達到抹消一切的最高點，情色的最高潮。

這裡的轉向，我們也可以從《眼睛的故事》與《艾德瓦爾達夫人》的比較看出。《眼睛的故事》最高潮的場景之一，是在教堂裡懺悔室西蒙娜的手淫與擊殺神父，是將神聖玷污、世俗化所產生的力道；《艾德瓦爾達夫人》則是在妓院裡，最低賤之處，在妓女艾德瓦爾達夫人面前的敘事者「我」被強迫去「看」，並聽到她說「我是上帝」。亦即，巴塔耶的僭越已經從形式上的性愛、暴力、死亡到虛無，到了另一種真正讓理性終結，所謂的「非知（non-savoir）」的路徑。

而另一個重要作品《內在經驗》在1942年完稿，1943年在法國最知名的出版社伽利瑪發行，代表巴塔耶的地位已經受到肯定。這本書藏有巴塔耶最成熟的思想，即使以一般哲學論

著的標準來看，仍是雜亂、自相矛盾、斷裂的。不過這特色卻意外地讓某些讀者產生共鳴，並開始影響新一代的思想家。

也許走過三〇年代的熱鬧，戰爭的危機、孤獨與反思中，並遇上了最能激發他思想的布朗修，巴塔耶終於找到屬於自己的路，進入大量書寫闡述的成熟期。

巴塔耶從1942年起患了肺結核，經常臥病在家。這場病纏著他許久，甚至讓他無法在國家圖書館工作，經濟上漸漸陷入困境。在這種情況下，他的作品卻在質與量都大量增長，並相當多元。

上述的《有罪者》、《內在經驗》與《艾德瓦爾達夫人》；1942年寫出《死人》，1943年出版了雜文集《渺小》；1944年出版唯一詩集《大天使》，書寫《老鼠的故事：Dianus日記》、《哈雷路亞》；1945年出版《關於

尼采》（伽利瑪出版）、《奧萊斯特》、《Dirty》（後來成為《天空之藍》的首章），也完成了《沉思的方法》。

巴塔耶的書寫形成混雜的文類，除了某些確定的小說體裁，大部分的文論作品混雜了詩、個人筆記與日記，相當有個人風格。

巴塔耶於1943年搬離巴黎，到勃根地區的小鎮維茲來（Vézelay）居住。雖然是極小的村莊，但是山頂的羅馬式教堂卻曾在中世紀十字軍東征扮演重要角色。居住期間，他曾邀請拉岡與希爾維亞來訪，但兩人並未赴約。巴塔耶當時準備給拉岡的公寓，後來被俄國王子後裔的黛安娜（Diane Kotchoubey de Beauharnais）租下，她當時才二十三歲。黛安娜很訝異這位鄰居是她心儀的《內在經驗》的作者，兩人不久陷入熱戀。當時巴塔耶的同居人是丹尼絲，經過一段三角關係後，丹尼絲與巴塔耶徹底分

手。丹尼絲後來與布朗修熱戀，兩人的關係一直維持到最後。

使用本名出版《內在經驗》後，巴塔耶縱使不是家喻戶曉的公眾知識分子，也算是圈子內有極大影響力的思想大師。他難以歸類的作品的影響力正在發酵，越來越多人「發現」巴塔耶。他「大師們的導師」的身分也在這時建立起來。

1944年，在巴塔耶的主導下，於作家莫黑（Marcel Moré）家舉行研討會。參加者令人目眩神迷：除了前文出現過的布朗修、萊希斯、波朗、克羅索斯基、梅洛龐蒂外，還有新一代的思想明星，如卡繆、西蒙·波娃、沙特等。他在這裡延伸了他《內在經驗》與《有罪者》的論題。他談論罪惡，強調人與人的交流本質就是越界。因此，越界與犯禁，其實才是共同體的基礎。研討會裡，巴塔耶與知識分子新星

針鋒相對。沙特主張要有新的道德秩序，這秩序底下，罪惡便不是必要，甚至不存在。而巴塔耶則對於罪惡的必要性有所堅持。

二次大戰時期，巴塔耶的身心陷入危機狀態，甚至丟了工作，寫作卻最旺盛。他在戰爭結束前，多年的病痊癒了。這時候他在知識界的地位，也與過往大不相同。

戰後的地位（1945-1949）

綜觀巴塔耶的一生，可說一輩子都與時代逆行，沒有經歷過真正屬於他的時代。也因為如此，從年輕到晚年，包括死後，巴塔耶一直散發獨特光芒。這可以間接證實巴塔耶的異質性。

戰後的法國，知識界損失慘重，例如牟斯

等人的法國社會學派的第二代幾乎因戰爭而覆滅：牟斯被軟禁多年且晚年失智，另一位社會學大師哈布瓦赫（Halbwachs）則死在集中營。至於像塞利納（Louis-Ferdinand Céline）等極右派作家，因為支持納粹，戰後被審判、流放。

到了這時，在失去了許多大師的法國本土上，巴塔耶可能不僅僅代表思潮的前鋒，甚至是稀缺的資源了。詩人夏爾（René Char）便說：「人類生活的完整與重要的思想領域，現在取決於你。」

事實也是如此，進入這個時期，法國重建、審查解除、紙張不再匱乏，思想大量噴發。因病無法繼續圖書館工作的巴塔耶，邀稿的數量多了起來。戰後巴塔耶曾短暫回來巴黎，1945年又與黛安娜回到維茲來住。

巴塔耶除了任職圖書館員、賺取稿費外，

他的雜誌編輯事業，自從《無頭人》後也中斷幾年。1945-46年間，他得到資助創辦《時事（Actualité）》叢書。可惜在出了第一冊關於西班牙內戰的主題後，因為政治形勢過於嚴峻，雜誌宣告夭折。這短命的雜誌創刊號，由卡繆撰寫序言，巴塔耶則提供了關於海明威的文章。

　　另一本雜誌則有較好的發展。經人介紹，巴塔耶結識了出版商莫里斯·吉侯迪亞（Maurice Girodias）。吉侯迪亞的父親，曾是幫助亨利·米勒出版《北回歸線》的出版商，也是《尤里西斯》在巴黎出版時的編輯。他接手父親的出版社後，更創立了自己的奧林比亞出版社，出版英文的文學作品。這對父子在文學史上扮演重要的推手，尤其是幫助英語系作家在巴黎發行他們無法出版或是被禁的作品。不僅出版了貝克特的《瓦特（Watt）》，包括

納伯可夫的《蘿莉塔》與布洛斯的《裸體午餐》，都是在這裡第一次出版。巴塔耶與其合作創辦的雜誌，便是延續到今天仍然存在的《批評（Critique）》。

儘管如此，巴塔耶成立的組織內多少都有衝突。《批評》的主要成員，與其說有共同理念，不如說是無所不包。他們之間最能辨識的特色是尖銳度。最初的幾期，大多是巴塔耶本人與朋友撰寫，對於當下所有意識形態與潮流加以批評，既批評資本主義與共產主義，也批評超現實主義與存在主義。

即使這樣的刊物，比不上由伽利瑪出版社支持的《現代（Les Temps Modernes）》——由沙特率領一群菁英組成的「人文主義」關懷的刊物——來得有影響力，小眾的《批評》最大的意義，是給予巴塔耶發表的空間。1945-46年，他在此所寫下的文字，足以在他往後的

《全集》占有兩冊，共一千多頁。其中包含理論與針砭時事、文學創作與批評、哲學與歷史、經濟學、社會學、性、宗教。換言之，涵蓋著所有他曾觸碰的領域。

《批評》的營運不算順利，1950年停刊一年，一直到五○年代由子夜出版社接手才穩定。即使有營運問題，《批評》還是於1948年獲得記者委員會評選為最佳刊物。

巴塔耶在這段時期的書籍出版依舊豐盛。前幾年書寫的《老鼠的故事》1947於子夜出版社出版，《沉思的方法》也在同年於泉水出版社出版，也出版了《哈雷路亞》與《詩之恨》（後來改名為《不可能性》）。另外，他花費相當多心力書寫《宗教理論》與《被詛咒的部分》，後者陸續在《批評》發表。另外，如《眼睛的故事》等書，則在匿名的情況下再版。

名聲上的揚起，包括1948年接受《費加洛報》專訪，這些卻無法替巴塔耶帶來相對舒適的生活。1949年，巴塔耶重新回到圖書館工作，在卡龐特拉（Carpentras）小城的圖書館當館員，維持生活。他與黛安娜已生下一女，經濟負擔增加。一直到人生的盡頭，巴塔耶的生活都有經濟困窘的問題。

整理工作（1950-1954）

卡龐特拉地區乏善可陳，只有巴塔耶任職的圖書館有五千本善本與手稿，可以引起他一點興致。在這樣的日子裡，巴塔耶通信較頻繁的朋友是卡繆。這段友誼在文學史上鮮為人知。兩人相差十六歲，卻誠心交流。巴塔耶在《批評》上寫過一系列關於卡繆的評論，也曾有意集結成專書。1951年卡繆因為《反抗者》

一書被沙特公開攻擊與絕交時，巴塔耶是當時少數站出來聲援卡繆的文人。

上文提到，《批評》停刊一年後，找到了子夜出版社承接，他已經不再是主編，卻仍還是編輯委員。在新生的期刊，巴塔耶也順勢開發新的道路，譬如將羅蘭‧巴特與米歇爾‧傅柯引介進去，成了撰稿者。另外也開創專題，討論了初冒出頭的新小說。他與出版社老闆藍東（Jérome Lindon）的信任在此建立。他後期的許多作品，也因此落腳在此。

經過四、五年的準備，他在1950於子夜出版社出版了《神父C.》。小說的主線是神父侯貝C.在女子愛潘妮引誘下種種墮落的過程。愛潘妮也站在鐘樓上將肛門露給神父看。這本書特殊處還有敘事法，真正的敘事者是編輯、神父的雙胞胎兄弟查爾，與神父自身的筆記。敘事者查爾放蕩，反倒是被誘惑的神父生性保

守。最終,巴塔耶隱晦暗示神父參加了抵抗運動而陷入蓋世太保之手,受拷打時背叛了查爾與愛潘妮:「我為我背叛所愛之人感到快活。」神父最終的吶喊,擁抱罪惡的情節,再度褻瀆了宗教。

《神父C.》一出版,立即被匿名指控影射一位真實存在的神父。然而這指控乃是誤讀,子夜出版社要求撤下文章,最後控訴勝訴,該文才遭撤下。只是巴塔耶還是受到波及。好在這段難熬的時期除了卡繆外,另一個摯友夏爾(他其實也是卡繆難過時最好的朋友)也住得不遠,巴塔耶與夏爾年輕時一起對抗超現實主義,在中年後則惺惺相惜,給了孤獨的巴塔耶溫暖的友誼。

巴塔耶自己也面臨到「整理」的問題。他向當時在伽利瑪出版社工作的朋友格諾提出計畫,以《內在經驗》(將《沉思的方法》併

入）、《有罪者》（將《哈雷路亞》併入）與
《關於尼采》（將《備忘錄》併入）為主幹，
出版為「無神學三部曲」。出版社很快接受這
方案，巴塔耶也充滿熱情整理這些作品，放在
綱目中。只不過巴塔耶的性格依舊，溝通過程
中不斷修改計畫，甚至出現第四卷、第五卷的
計畫，讓編輯無比頭痛。

即使有前一本小說的磨難，在整理「無
神學三部曲」時，他仍在1950年撰寫了《母
親》。

因為工作的緣故，他再度舉家遷移到奧爾
良（Orléans）擔任市立圖書館館長。並於1951
年與相伴多年的黛安娜結婚。也許是生活恢復
平靜的緣故，他生涯後期集大成的作品《情色
論》便於這時期開始書寫。

1952年，巴塔耶多次公開演講，都與後期
的情色與宗教研究有關。1954年，以「無神學

三部曲」為框架重出了《內在經驗》，也寫了再版序。

　　儘管他意識到來日無多，加緊展開各項工作，可是病痛終究追上了他。1953年12月，巴塔耶罹患了腦動脈硬化，嚴重影響他的思考，拖慢他的寫作進度。

餘生（1953-1962）

　　巴塔耶沒有輕易被疾病打垮，畢竟他從年輕時就習慣與疾病相處。他甚至沒有特別沮喪。他此時已經有影響力了（海德格稱為「當今最具思想力的法國腦袋」），想在生命結束之前盡可能多完成一些工作。可惜最後九年，他的身體逐漸虛弱，沒有任何一種療法可以減緩。

　　巴塔耶這幾年的工作：為《O孃的故事》

寫評、為薩德的作品寫序，再版了《艾德瓦爾達夫人》（依舊用假名，但是加上自己署名的序言）、評論《憂鬱的熱帶》等等。

1957年，巴塔耶終於將三〇年代寫就的《天空之藍》出版。同年他接受了莒哈絲的專訪，刊登於十二月十二號的《觀察者報》上，也集結了文學論集《文學與惡》，另外也出版了《情色論》。

1958年，出版「無神學三部曲」的第二部《有罪者》。《毒草（La Cigue）》企劃出巴塔耶專刊，撰稿者有夏爾、莒哈絲、萊希斯等人，這可能是巴塔耶最接近公眾型知識分子的時刻了。只是他的健康，讓他有緊鄰死亡的意識，再多榮耀似乎也無關緊要了。

1959年，出版研究《吉爾·德·赫的審判》，這本對大名鼎鼎的「藍鬍子」的研究，重拾他年輕時對中世紀騎士與宗教的關懷。

1961年，出版《愛神的眼淚》，是巴塔耶的最後原創作品。

1962年，將《詩之恨》改為《不可能性》再版，是他生前最後出版的作品。

晚年的巴塔耶，因為健康因素，很少出席公眾活動。比較值得紀念的，是1956年與一群知識分子挺身而出，反對法國對阿爾及利亞的殖民戰爭；同年為了尚-雅各‧波維爾（Jean-Jacques Pauvert）出版薩德作品被控告，而出庭辯護。

身體的病痛令他無法多從事寫作，圖書館工作也顯得吃力。在這種時刻，1959年，莒哈絲捐出了電影《廣島之戀》所獲得的酬勞給他。文壇好友也組織了一場拍賣會，將各自的手稿與收藏拍賣後，幫巴塔耶於巴黎購得一棟小公寓。獲得公寓的他，同時申請獲准回到國家圖書館工作。不過，1961年回到了國家圖書

館，巴塔耶卻請了病假無法工作。

1962年七月，黛安娜帶著女兒去英國，沒隔幾日，孤身一人的巴塔耶陷入昏迷。送醫後只有短暫恢復意識，兩天後，七月八日告別人世。

巴塔耶葬於維茲來，葬禮相當簡單。

其後

《愛神的眼淚》因為其中血腥的圖片而被禁，成為一生書寫都在犯禁的巴塔耶唯一一本被禁之書，然而他已經過世了。

1963年，《批評》雜誌的八-九月號「紀念巴塔耶」專輯，撰稿者有羅蘭·巴特、米歇爾·傅柯、安德烈·馬松、皮耶·克羅索斯基、米歇爾·萊希斯、莫里斯·布朗修、菲利浦·索萊爾斯（Philippe Sollers）。

1970年，巴塔耶《全集》共十二冊陸續出版。由米歇爾·傅柯總序。他稱之為「我們這時代最重要的作家之一」。

巴塔耶的七個關鍵字

詩性

巴塔耶除了寫小說、哲學論述外,也留下了詩作。

客觀來說,巴塔耶的詩作並不多,生前只有一本少量印製的詩集《大天使》。不過除了這本唯一詩集外,在他許多哲思論著,包括《內在經驗》、《關於尼采》與《有罪者》,文章裡都散落若干的詩篇。小說中也不乏詩作,像是作者喃喃自語的斷句,趨近於詩的體裁。而如《太陽肛門》這樣難以歸類的文類,當中意象的堆疊、字句的跳躍,亦有散文詩的靈魂。

換句話說,閱讀巴塔耶,甚至閱讀巴塔耶相關的評論與研究,是不容易單獨談論「詩」的。矛盾的是,無論閱讀巴塔耶的哪一類作品,包括對於他思想的評論,都會觸碰到詩

性。詩，在他作品當中，既是缺席又是無所不在。

巴塔耶的小說與文論不斷展現對於寫作本身的破壞，在詩方面也不例外。《大天使》在1967年重新出版時，編輯諾埃爾（Bernard Noël）說：「巴塔耶的詩作始終讓人保持距離，不是因為缺乏品質，而是他的詩對於詩本身是危險的。」

我們可以從另一本書來窺看巴塔耶對於詩的態度。1962年，巴塔耶出版過一本書《不可能性》，這本書原來在1947年出版時叫做《詩之恨》。這種「恨」令人玩味。事實上，巴塔耶在年輕時，因為對超現實主義詩人的不信任，對詩也不懷好感。不過，當他的思想在四〇年代臻至成熟，進入大量寫作的爆發期後，他「重新發現」了詩。

他思考詩同時破壞詩，讓詩成為破壞的

武器，包括破壞詩本身。他在序言提到，現實主義對於我們限制太多，它使得我們的經驗非常貧乏，只有以慾望與死亡的暴力，才能走到極端。巴塔耶認為，只有恨，才能抵達真正的詩。必須破壞美麗的、美好的詩句，這樣的暴力，最終會導向真正的詩。

所以與其說巴塔耶寫詩，不如說他寫詩是為了破壞詩，為了等待真正的詩，如死亡於內在敞開。

在巴塔耶的眼中，詩，本身就是一種像是獻祭般的召喚，將詞語獻祭，以詩獻祭的過程，所造成的巨大迷狂令他無比嚮往。瘋狂投入於詞語的獻祭，讓詩人本身最終也會成為獻祭的一部分。巴塔耶在《不可能性》說：「詩不是　種對自我的認識，更不是對某種遙遠的可能性的經驗，它僅僅是通過詞語，對那些無法企及的可能性的召喚。」

總之，與其說詩是一種文類，更該說，在巴塔耶那裡，詩是一種反文類，破壞一切文類的文類。它像是暗自抹除了巴塔耶不同文類的界線，成為羅蘭·巴特口中的「彷彿只寫一個文本」。除了詩集外，巴塔耶詩也藏在他最為迷亂、瘋狂的書寫高潮時，湧現在某種無法理解的真理、無法想像的巨大快樂與痛苦交會時。那不像是書寫當中的點綴、突發奇想，而像是終極目的。

　　巴塔耶在《太陽肛門》中提到：「當我說『我是太陽』時，我完全勃起。」因為詩是如此耗費的投注意象，幫不可能的事物連結，也破壞事物的原有連結。最終詩破壞自己，也破壞了詩人，就像韓波做過的那樣。巴塔耶喜愛的韓波詩句「太陽與海洋攜手同行」，彷彿也預告了巴塔耶最初與最終的嚮往，在耗盡了詩之後，等待真正的詩的到來。在那裡，一切都

能攜手同行。

眼睛

　　《眼睛的故事》註定將是巴塔耶的代表作。這本書在1928年匿名出版，起初只在小小的知識界流通，卻撼動了文壇，同時奠立了地位。「眼睛」這個巨大的隱喻，確實是理解巴塔耶最重要的關鍵字之一。

　　視覺決定了我們對真實的認知，以及對世界與自己的定義。視覺範圍的可見，讓我們止步於不可見的事物，撇過頭不去看見那些難以用雙眼承受的一切。在這視覺主宰的世界，巴塔耶藉由《眼睛的故事》敘事者之口說：「對止派的人而言，宇宙是得體的，因為他們擁有一雙被閹割的眼睛。」或是《太陽肛門》的經典斷言：「人的眼睛既無法容忍太陽、性和屍

體，也無法容忍黑暗。」

《眼睛的故事》彷彿就是為了贖回我們尚未被閹割的眼睛所寫。巴塔耶擅長描述強烈的視覺意象。他給出的畫面所帶來的情色感，大大的打破我們對於淫穢的想像。他打斷了視覺習慣的連結，即打破秩序。書中主角西蒙娜在小說一開頭就展開挑釁，光著屁股坐下那一碟餵小貓的牛奶，從這裡開始一連串不停歇的，彷彿逼迫你視覺疲乏的意象轟炸。但是，到了〈女屍睜開的眼睛〉一章，女性友人瑪塞爾死不瞑目的駭人景象，敘事再度點燃加速器，小說的第一個高潮點來到。接著〈格拉內羅的眼睛〉裡鬥牛士被牛角貫穿眼窩，眼睛垂掛在腦袋上。最後，在〈蒼蠅的腿〉一章，則將被殺死的神父的眼睛挖出，塞進西蒙娜鼓脹著淫慾的陰道裡。即使文學史中有許多作品挑戰禁忌書寫，能達到《眼睛的故事》的強度也是罕

見。

巴塔耶不僅僅是透過小說逼迫我們看，同時也「被看」。巴塔耶激烈的書寫，以至於「觀看」宰制「被觀看」之物的秩序被打壞。「觀看」之所以安全，是因為「能被觀看」的事物早已被規範。巴塔耶的策略不僅讓「不可被觀看的危險事物」成為可見，進一步讓讀者感覺到「被觀看」的逆反威脅。具象點來說，被死亡觀看，猶如尼采所說的被深淵凝視。

只不過，巴塔耶追求的眼睛，恐怕不只是能承受過度影像的眼睛。巴塔耶的極致之眼，不僅想「看見更多」，而是在於逼到極限後的「失能」。

巴塔耶的悖論：眼睛要到了失去了看的功能之時，便是看見眼睛限制之外的事物之際。《眼睛的故事》裡，從自殺的女屍之眼，到被巨大暴力瞬間迫出的鬥牛士之眼，以及

俊美神父被直接謀害挖出之眼，巴塔耶逼迫死亡，透過那只眼睛擷取出死亡瞬間。那個失能的眼睛，與其說是死者之眼，更逼近死亡的眼睛——或說，是死亡的眼睛。

換言之，是不可能的眼睛。

巴塔耶迷戀的，同時是不可見，也包括了不可見者之見。譬如死亡所見，神所見，不可能性之見。因此不管是塞進下體的眼睛、艾德瓦爾達夫人張開腳看著「我」的破爛，或是《W.-C.》所述的斷頭台上的孔洞之眼。「眼睛」已成巨大的象徵。

當然，我們會想起巴塔耶的父親，在他出生時就因嚴重梅毒而眼盲。當小時候的巴塔耶，抬著頭仰望，卻是父親的盲眼。在《眼睛的故事》令人印象深刻的段落描述，正是父親小便時特別痛苦，雙眼茫然看著虛空。這可能就是巴塔耶深深烙在心中的：「究竟，父親的

盲眼，究竟看到了什麼？」

　　只有失能之眼能看見的世界，能看見黑暗之眼。這同時也是預言之眼，預先取得死亡所見風景之眼。

戰爭

　　巴塔耶（Bataille）這個姓氏本身就是「戰役」的意思。他的一生彷彿是無盡的戰役，對一切的制度、價值、信仰、道德宣戰。

　　跟巴塔耶差不多世代的歐洲人，一生都經歷過兩次世界大戰。據巴塔耶的回憶，他童年所住的漢斯城遭德軍進犯時，他的母親帶著巴塔耶逃離漢斯（哥哥已入伍），留下了無行動能力的父親與管家。這個「拋棄父親」之罪，烙印在巴塔耶心中。

　　這一次的戰爭與父親的死，給巴塔耶巨大

的精神刺激。從父親之死、戰爭的破壞，以及在斷垣殘壁當中被摧毀的漢斯大教堂裡，巴塔耶似乎感受到奇特的召喚。彷彿看見某種文明的本質，及其最終的形式。他隱約體認到至高無上的力量即毀滅的力量，就是所謂絕對的否定性，把一切回歸無意義的終極意義。

巴塔耶在1916年被徵召入伍，不過因為感染肺病，幾乎都在療養。沒有親自在戰場上，而是在病床上與生死搏鬥的他，看待戰爭往往偏向形而上：藉此重新思考文明、秩序、惡的本質。有趣的是，巴塔耶談論種種暴力，譬如犧牲獻祭、謀殺，可是對於戰爭這樣大規模的殺害，他似乎無法在書寫與理論當中梳理出來。換言之，戰爭是巴塔耶一輩子思考，卻無法當作客體研究的對象。

他的《天空之藍》是三〇年代戰前氛圍下所寫。但多年後正式出版時，他坦言後來發生

的西班牙內戰、二次大戰，使得這本小說裡有關的歷史事件毫無意義，因為過於失控了。

　　他的另一本經典作品《有罪者》，就是從1939年大戰爆發之際所寫下的日記片段開始。整本書許多部分都在戰爭氛圍下書寫。巴塔耶在這本書沒有直接寫戰爭，可是迂迴又真切地把一切的壓力塞往內在。年少經歷過的戰爭時刻，終於「迎來坦然面對的時刻」。極端的時刻正是遮蔽的文明本質顯露的剎那。戰爭像是全體人類社會的瘋狂，所產生的集體死亡與高潮。

　　二次大戰期間，他再度被肺病侵擾，不得不辭去圖書館員工作。在此同時，卻是他徹底綻放創作力的階段。在戰予中的疾病狀態，竟令他產生出瑰麗怪異的作品。

　　戰前的巴塔耶對於所有的陣營，不管是共產主義與法西斯主義都持否定態度，他採取的

是更激烈的，比法西斯還要更否認一切（譬如黨、國家）的立場，使得他被視作法西斯主義而飽受批評。事實上他對於戰爭的觀點，不在於支持哪個陣營的正義與否。他看重的或許是戰爭的形式本身，還有更重要的，在見證戰爭摧毀文明的過程當中，發現了思想與寫作的無能為力。

大抵上，巴塔耶一生沒有一刻放棄戰鬥，他總是對著更遠、更未知的事物發起挑戰，也對著神、對著非知的領域發動戰爭。

情色

若巴塔耶身上有標籤，第一個便是「情色」了。情色，讓巴塔耶被認識，也同時讓他被誤解。可說是他的策略，也同時是折磨他的宿命。

情色吸引人又令人厭惡，美好又痛苦，純潔又骯髒。關於情色的禁令與跨越，是文明長久以來的核心，但文明又禁止我們去認識。情色書寫有策略性，只是巴塔耶期望的不是讀者的獵奇眼睛，而是引領讀者觀看更深入之處。稍微敏感一點的讀者，應該能讀出巴塔耶情色故事裡難以言喻的痛苦。

　　情色，是思考被禁止思考之物：死亡、惡、神聖，這些關乎存在最重要的問題領域。情色不是被書寫的客體，也不是答案，而是要我們持續痛苦而不安地思索的問題。情色令主客體間的界限消失，在更大的不滿足當中，更深刻去思索根本性問題。

　　巴塔耶在1928年寫出《眼睛的故事》之前，很少跡象顯示出他對於情色的傾向。他少年時虔誠信仰天主，後來又否定信仰。早期的巴塔耶，興趣在於研究中古時期的宗教信仰，

也喜歡尼采、人類學，對於情色似乎沒有特別關注。然而從他的傳記與日後的自述來看，他對情色的興趣，可能最早出自於童年時期父親的影響（疑似性侵），以及他早年的宗教狂熱，後來轉變成對宗教的僭越而產生的更大的激情（褻瀆宗教的性快感）。情色的傾向也多少展露在他的愛情裡：他的書信裡找得到他對於愛情的悲劇性追求，愛的不可能，與日後情色書寫中即使再駭人的情節也無法掩飾的令人心碎的抒情感。

　　1925年開始，他接受了兩三年的精神分析師朋友的治療，使得他度過青年時期的精神危機，而最終誕生了《眼睛的故事》。從這本書的〈巧合〉一章，我們可以看到他受到精神分析的影響。透過精神分析，巴塔耶能夠面對自身最糾結的問題，並以《眼睛的故事》展現他書寫情色的駭人能力。如果在性方面的慾望、

陰暗的記憶無法袒露，如果在性的思考與實踐上無法自由，猜想也不會有今天的巴塔耶。《眼睛的故事》是他展現出令人眩目的才華的開始，也奠立了地位。

　　在私生活上，巴塔耶確實過著放蕩的生活，也嚴重影響第一段婚姻。他經常出入妓院，狂飲度日。他也與許多朋友結伴嫖妓，直到通宵。他展現了薩德在《妓院裡的哲學》的精神。對於巴塔耶這類思想狂亂之人，似乎妓院是唯一可以療癒他的地方。他曾說過：「妓院就是我的教堂。」這樣的宣稱並非故作姿態。他在情色裡面的矛盾，一方面像是追求無盡的墮落，又像追求至高的神聖，同時是懲罰也是救贖。這在《艾德瓦爾達人人》裡展露無遺：揉和了妓院、妓女的情色折磨與個人的私密懺悔，創造出他小說作品當中最高的藝術高度。

除了匿名發表的情色小說外，巴塔耶也在晚期以《情色論》、《愛神的眼淚》、《情色史》等較為嚴肅的書寫形式作品論述情色。

我們可以理解，情色往往是巴塔耶越界的第一步。對於惡、對於神聖、對於死，情色的踰越能一次就挑戰全部，他的小說的情色書寫也證明了這點。他將最大的（性）高潮推向死亡，在那裡，超越善惡。

巴塔耶的情色終究是觀念的，不在於肉體的快感，而是對於「污穢」的興趣。所以情色永遠不是可以安全滿足人的客體，反倒是可以擾亂一切秩序分界的實踐，至死方休。

死亡

巴塔耶必然會同意這樣的論調：「死亡是生命的終極形式。」

抽象概念的「死亡」，或是物質概念的「屍體」，在巴塔耶的寫作經常出現。對於文學與哲學的作家來說，書寫死亡並不特殊，但是巴塔耶看待死亡的方式，確實使他的才華發出異樣的光芒。

語言與文化經常將「死」與「生」對立。譬如「生機勃勃」與「死氣沉沉」之間的對立。然而巴塔耶的「死亡」彷彿更有生命力、創造力、影響力。這並不是巴塔耶顛倒死亡，賦予死亡積極的性質，反而是我們感到的積極性，很弔詭地來自於巴塔耶正視死亡的消極性。

簡單來說，如果生命是肯定性，是「＋」號，死亡則是否定性，是「　」號。巴塔耶的寫作裡重複的，是將生命獻祭給死亡。對他來說，獻祭不是生命的消逝，從正變成零，而是製造出死亡，在那力量當中看到神聖。死亡是

拒絕的手勢，絕對的拒絕，否定的絕對。如果站在生命那端，看到的是有限性。生命是有限的，可能性是有限的。死亡則是無限的、無邊的，死亡是生者面對的不可能性。可能性的極致無法包括不可能性，可是絕對的不可能性可以包括可能性。就像生命排拒死亡，然而死亡可以吞噬生命。

對於巴塔耶這麼一個思考「全部」的人來說，自然會熱切探究死亡。

在《情色論》當中，他提出的觀點，雖然以自然科學的眼光來看不太有意義，可是我們能夠在當中找到他的某種渴望：對他來說，生命的本質是分裂。譬如有性生殖來自細胞的結合，可是生長卻是靠分裂。作為生命的個體是分裂的、孤獨的，故死亡的虛空如同回到某種生命的原初或終點：不再有個體，不分彼此。是以，巴塔耶的死亡渴望，是共同體的呼喚，

是愛。想要好好了解巴塔耶的情色主義，就一定要記得：他的性與死亡是合一的。最大的性高潮，就是生命的高潮，即死亡。

　　所以《眼睛的故事》的高潮，都是與死亡有關也就不足為奇了。還不是抽象的死，而是迫近的屍體，這些屍體（瑪塞爾、鬥牛士與神父）前一秒都還是活人，在死亡那刻，彷彿戲劇迎接到高潮。由此可知，巴塔耶崇尚的是儀式性、戲劇性的死。自然的、緩慢的、庸俗的死並不是他所渴望的。死，是斷裂性，打破生命與行禮如儀的慣性，進入一種連續性。

　　死亡，當然也該連結到巴塔耶的越界。死亡是最基礎的禁忌，禁忌則是最大的吸引力，是藏匿生命本質之處，死亡是絕對的「非知」，是求知慾望的終極之處。在死亡面前，他興奮、發燒、瘋狂、思考短路，還有恐懼。朝著恐懼去，像殉道者一般，巴塔耶的手勢，

就像把所有的生命賭注押在死亡那裡。巴塔耶
當然也有軟弱的時候，例如母親過世之時，
他與屍體相處一天。他想試著將這經驗連結到
情色，卻幾乎無法進一步行動。他在《天空之
藍》當中寫道：

「我醒來時將近凌晨三點。我想去有屍體
的房間。我嚇壞了不停發抖，可是還是呆立在
屍體面前。然後我脫掉睡衣。」

「您做到哪個階段？」

「我沒有動，我太混亂，失去頭腦。我只
是看著，就這樣遠遠地高潮了。」

巴塔耶如此執迷著死亡，好像最終超越
了生死之間的對立與隔閡，成為另一種超越人

類想像的狀態，頗有負負得正的味道，富有詩意。在他的小說《死人》，最後瑪麗神祕地喊著：「不可能！」然後自殺，見證這幕的伯爵，則說：「她抓到了我。」這裡的「她」在法文當中，也可能指的是「死亡」。這篇小說最後伯爵說完此句話，任由自己滑落河裡，故事結束。

巴塔耶寫死亡，不是為了解開神祕，安撫不安，是朝著更大的神祕與不安義無反顧走去。

耗費

除了《情色論》外，巴塔耶提出的理論，最廣為人知且被不斷討論的，就屬「耗費」了。耗費的思考大約出現在三〇年代左右，比他系統性思考「無神學」、「情色論」還早一

些。

　　以當時的脈絡來看，關於「耗費」的思
考，其實是回應著當時左翼的思潮。面對當時
左翼所關注的生產、意識形態等問題，巴塔耶
以另外一條路來回應。巴塔耶參加了好幾年人
類學家牟斯的研習會。牟斯是法國社會學家涂
爾幹的外甥，繼承了一次大戰損失慘重的法國
社會學派，在兩次大戰之間，是領導法國社會
科學發展的重要推手。巴塔耶也與當時的知識
分子一樣，熱衷於參加他的課程，成為他的學
生。

　　於是，巴塔耶在牟斯的影響下，寫出〈耗
費的觀念〉一文（後來收入在《被詛咒的部
分》一書）。這文章的理論基礎，就是牟斯著
名的理論《禮物》。在《禮物》裡，牟斯談論
起「禮物交換」這個普遍現象。為了締結關
係、確認地位甚至要挑釁對手，會有「送禮的

義務」。送禮表面上是與經濟理性完全背道而馳的行為，真正的認知比單純的物質給予還要多。「禮物」意味著學界對於「經濟人」的假設並非事實，人類文化存在著極端的非經濟理性：行為不僅會無利可圖，甚至破壞利益行為。不僅原始社會當中存在，也存在我們的社會當中。

巴塔耶吸收這個觀點，用最極端的例子，闡述人除了工作生產，同時也會追求耗費與破壞。在理性的尺度外，人類的社會文化不斷耗費，猶如這才是終極目的。例如，如果只為了生殖，人類沒有必要進行如此多餘的性活動、發展出各種性文化。情色的慾望，不僅超出功利的逸樂，甚至使一般的性與性的交合失效（像小說裡寫到塞眼睛到下體的淫慾享樂），卻是最高的情色感。

巴塔耶的眼光也望向當代，直指了資本

主義的邏輯，正是由無可救藥的瘋狂耗費才得以推動。耗費的衝動，不是為了生存（生存的需求只需理性的計算），而是朝向死亡的快感與誘惑。奢侈品的存在也是同樣邏輯。如果只是為了實用，事實上不需要奢侈品。花費超出實用價值的大量時間與物質打造的奢侈品，這種耗費不但沒有減損價值，反倒創造出更高的「過度的價值」（此點算是回應了馬克思主義對於生產的看法）。不僅如此，人類還有更深沉的衝動去破壞這奢侈品，藝術如此，宗教也是如此。

換句話說，耗費不但不是減損價值，把原來的價值、利益、資源無理性地浪費掉，反過來說，耗費是打破某種限制，創造出象徵性的超越價值，也像「禮物」的理論一樣，以更大的脈絡來看，反而符合世界的規則。

巴塔耶的耗費理論能被當代的消費理論吸

收，可是耗費並非是獨立出來的思考，反倒非常緊扣他對於情色或宗教的思考。

宗教

巴塔耶是有名的棄宗教者，至於為什麼從宗教狂熱的少年到投入「反神學」，直到現在也沒有太多的線索解釋。

他曾說過，父親是臨死前也不願祈禱的不信神者，母親則對信仰沒感覺。這樣的組合當中，敏感的巴塔耶，在生命最為不幸的時期，瘋狂投入天主教，這對一個少年來說是很奇特的。這段成年之前的天主教狂熱信仰，是他人生當中神祕難解的部分。

這對於他來說有兩層意義：

一是對於基督宗教的強烈求知慾，是他初期走向思考哲學的契機。

二是根據他的回憶，他每週都去教堂懺悔，這種懺悔的機制對於他的人格形塑影響非常大。懺悔像是追求自我懲罰、坦白的機制，有罪的意識，無止境的自我探索。

　巴塔耶自陳他在成年左右放棄信仰，理由同樣神祕。可是宗教，尤其基督宗教，在他的思想占有絕對重要的位置。

　此外，在他身上也看得到苦修者、殉教者的狂熱。是的，狂熱。最能夠形容巴塔耶近乎瘋狂的熱情，是宗教信仰般的熱情。在越私人的書寫當中，越能看見他挪用基督教的詞彙：神聖、純潔、聖人、上帝、有罪、祈禱。像是他拋棄天主教的理由，不是拒絕信仰與宗教性，字裡行間，我們看到他用比信仰宗教更強烈的方式去不信仰宗教。像以身殉道的聖人，試圖喚醒眾人信仰中的盲昧。

　極端點說，巴塔耶的「越界」策略，不

管是情色、暴力、死亡（譬如戀屍、姦屍）、神聖、罪惡，都是對於基督宗教的全面挑釁。他與他師從的涂爾幹學派不同，後者是將宗教視為科學對象、客體來研究。巴塔耶除了散論之外，寫過一本《宗教理論》，看似梳理了社會科學的宗教研究，可是暗藏的卻是一種身體力行的實踐可能。巴塔耶不將宗教安全地客觀化，是反其道而行，是危險的、侵入且摧毀主體的。宗教大抵上有個界線經驗，不容許去觸碰神，否則會被懲罰。巴塔耶則是利用這點去挑戰界線。

這暗示著巴塔耶認為「我—主體」之所以受限制，是西方的基督宗教所形塑出的主體樣貌的結果。以這點來看，他是尼米「反基督」的繼承者，也銜接了薩德的變態實驗。

能說巴塔耶「不宗教」嗎？在他遺稿當中，留存著一份《聖神》計畫；二戰期間開始

書寫《有罪者》，加上《內在經驗》與《關於尼采》，形成「無神學三部曲」；或是《哈雷路亞》、詩集《大天使》；另外也有引起爭論的《神父C.》。這些篇名，全是與基督宗教有關。

　　不管是《眼睛的故事》的虐殺神父或《艾德瓦爾達夫人》的妓女自稱為神，巴塔耶的神，是對基督教上帝的激烈褻瀆：上帝是個黑人妓女、上帝是盲眼者（父親的形象？）。巴塔耶的教堂在妓院。上帝不是至善，而是至惡——不是非善或善的對立，而是完全否定我們善惡觀的惡。不是最純潔，是最污穢。巴塔耶祈禱，可是並非如其他信眾渴求上帝的回應，他祈禱，是期望上帝永恆的不回應，亦不存在。最後，上帝不是全能，是完全的不能，絕對的否定。如同他在《渺小》寫下的：

在神的位置
只有
不可能性
與非神。

平心而論，巴塔耶的作品即使是最驚世駭
俗的部分，都可以感受到同樣的近乎宗教的虔
誠。想把全部的自己，超過自己的所有一切奉
獻給神，以證明神的不可企及、不可想像的不
可能性。因此，當他說「我是聖人」時，毫無
玩笑之意。

第二部

「讓我窒息

啊／放過我

渴望／其他

詞語

巴／我

事物」

——夜讀巴塔耶

巴塔耶，被詛咒的名字：
巴塔耶的「我」

巴塔耶與他的假名們

如果我們只順著巴塔耶的名字去認識他的作品，其實忽略了一個事實：他生前有許多作品沒有公開，也不是使用本名發表。

譬如我們今天傳頌的情色文學經典《眼睛的故事》、《艾德瓦爾達夫人》，都是他使用不同的筆名發表的。巴塔耶使用了很多名字寫作，這些歸屬不同名字的作品，與他以真名發表的作品一樣重要。若想稍稍還原巴塔耶，首先得召喚回「他的名字（們）」，然後再遺忘。

如今，我們只會記得巴塔耶這名字，難以想像那些作品，在巴塔耶活著的時光，是怎樣壓在他幾乎一用即丟的假名底下的。

巴塔耶的作品本身極為散亂。今天他所有的作品被歸回他的本名底下，分門別類、按年

代或文類梳理過，都是死後由編輯處理過的。也可以說他的作品本身有散逸的特質，作品逃離他，他也逃離作品。就像他說的：「我的作品一直以來是逃離我的。」不僅如此，他也擅長逃離自己的作品，不管是使用假名、燒毀手稿、寫到一半放棄而不去完成，都是他刻意為之。

　　巴塔耶的作品痕跡，像在沙漠中迷走並隨時被風抹去。有時，他的腳步亦會踏亂過去的足跡。今日之所以能完整談論巴塔耶的作品與思想，是因為他的死亡，允許我們把所有他刻意使之散逸的作品，歸回到他的名字底下。換言之，一個作者的永恆缺席（死亡），共同體才得以存在。只有在作者成為他作品的他者時，作品才能完整歸屬於作者之名下。儂熙（Jean-Luc Nancy）以巴塔耶的觀念發展出的「去作品的共同體」，也可以用這方式理解。

以不甚嚴謹的方式演繹，巴塔耶的作品建基在他不斷地去作品化，不讓自己的書寫成為作品。

然後才可能於今天，我們看到巴塔耶名下的「作品全集」。所有生前的作品都是虛假的名字，而作者真正之名所贈與讀者的完整作品，皆是遺作。巴塔耶意圖把所有的作品成為遺作，與他生前的所有濫用的假名一起陪葬。

我們可以說，理解巴塔耶最重要的作品，即後來於伽利瑪出版的《作品全集》（共十三卷）。

巴塔耶作品化名：

Troppmann《W.-C.》
Lord Auch《眼睛的故事》
Pierre Angélique《艾德瓦爾達夫人》

Louis Trente《渺小》

Dianus《有罪者》

其中，《W.-C.》據巴塔耶說法已經焚毀，
後來收錄在《渺小》中，並承認這篇章是用
Troppmann 的筆名。此外他在《W.-C.》也解釋
了《眼睛的故事》的筆名來歷。也就是說，雖
然我們看不到《W.-C.》最初的樣子，但是在
《渺小》呈現出來，這原來是《眼睛的故事》
之前的作品，此刻成為《眼睛的故事》的補
遺。此外還有一個事實不證自明，巴塔耶一次
承認三個筆名，代表他並不假裝不同的筆名是
不同的人。文學史上使用筆名不是罕例，譬如
斯湯達爾、喬治桑、莒哈絲。然而這些名字都
有累積文名的功能。巴塔耶則否，彷彿這些作
品的產出與玩笑似的假名，本身就在實踐他的
耗費。

假名，抹去自己，徹底耗費

如上所述，這些筆名並沒有累積文名，甚至累積作品，一個一個都是空的，是只為了抹去而生的符號，到底代表什麼？

奇特在於，不管是為《眼睛的故事》評論的布列東與萊希斯，或是為《艾德瓦爾達夫人》心醉的沙特與布朗修，都知道作者是巴塔耶，可是幾乎沒有人掀開這件事。這些書只在極少的文人間流傳，且對於作者是巴塔耶這件事心照不宣。

巴塔耶不讓假名與他真實人生連結，沒有公開說過他是這些假名背後的真正作者，亦沒有為之設計身世（譬如佩索亞）。使用假名是單純的耗費。一次一次地耗費名字，寫作，不僅像他所說的是為了抹去自己的名字，同時

也是抹去作品。寫作不是留下痕跡，也不是不留下痕跡。那像是，抹去痕跡，與抹去痕跡的痕跡。如果看過巴塔耶的作品，也會得到類似的印象，戛然而止，同時想袒露一切卻欲言又止。攤開來，卻隱藏更多。說出話語，卻展現更多沉默。巴塔耶若有意圖要赤裸死亡，這一張張的假面是他的策略，隨機的、不由自主的策略。

巴塔耶的假名是虛無的空轉，是無意義的玩笑（譬如Lord Auch這筆名是「上帝在小便」的玩笑）。不需理由，只要單純否定意義，否定巴塔耶之名。然後最終，一切隨著巴塔耶之死一同埋葬。巴塔耶完成自己的名字：最大的無意義。

巴塔耶之名底下的三種作品

如今，巴塔耶的作品全都混為一談。然而，他的作品可以分成三類：

一是生前就以本名發表的作品。尤其巴塔耶中年過後，有一定社會影響力時，才真正以本名出版的專書，譬如《內在經驗》。

二是從年輕開始就化名發表的情色書寫，如《眼睛的故事》、《艾德瓦爾達夫人》等。

最後，其實占據最大部分，是如今仍相對沉默的，生前沒有出版的遺作，譬如小說《母親》。

我們早已忘記這些無人知曉的無意義假名。今天我們讀著巴塔耶作品，正展現了一種事實：因為巴塔耶的死，才讓他的名字能夠一次包容下全部的作品。也必須由別人經手編輯，以他的缺席（死亡）為中心，才能編纂出

《巴塔耶全集》。從來沒有人記得這些名字，也將不會有人記得。

即使巴塔耶以真名出書，譬如伽利瑪出版的《內在經驗》，他在嚴肅的論證裡，仍不時塞入私密的話語，讓寫作成為與陌生自己的對話。

「幾乎每一次當我試著寫本書，在寫完之前疲憊感就會來臨。我慢慢地變成原先寫作計畫的陌生人。我忘記前一晚使我燃燒的是什麼，在半夢半醒間，時時刻刻地不停變著。我自我身上逃逸，我的書自我身上逃逸；書變成一個如同完全被遺忘的名字：我沒有餘力去找回來了，但遺忘，這陰暗的感受令我無比焦慮。」

換個角度來看，這是巴塔耶的寫作策略：否定自己作品，不斷與自己作品斷裂，抹去名字，毫不惋惜地虛擲自己寫作時光在徒勞中

（少量出版、使用假名、焚燒手稿），不讓作品完整。巴塔耶成了「不停筆寫作」的地獄機器。

從內容來看，不管是詩、文論、日記、小說甚至無法分類的文體，巴塔耶作品中的「我」總是令人不安。眾多假名之下，巴塔耶讓各種「我」說話。「我說話」，「我」與話語產生矛盾，直到動搖一切。我不再是我，不再受限於這個歷史、權力、語言規範出來的主體裡，終於可以走到框架之外，去理解人類被禁止了解的事物。

他可能早已預見一切。所以一切的不完整，以假名如匿名般發表，以真名卻胡言亂語，致力書寫卻不曾出版，這種種的不完整，最後反而讓作品完整了，成了不折不扣的巴塔耶式的風格。巴塔耶專家米歇爾・蘇雅（Michel Surya）將巴塔耶傳記題為《死亡的作

品》，也是將他的作品與死亡連結。

把巴塔耶所有作品放在眼前，不必等到羅蘭‧巴特宣稱「讀者的誕生要以作者的死為代價」。因為巴塔耶的邏輯是這樣的：作者必須已死，寫作才可能。

他以死亡換取寫作，等待讀者誕生。

死亡，瘋狂與父親

與其說巴塔耶用這些筆名創造了什麼，不如說，一開始就是為了徹底地抹去自身。

使用假名，也等於抹去父姓。不用巴塔耶這名字寫作，像是同時殺死父親與自己。在以假名發表的《眼睛的故事》的敘事間，突然在〈巧合〉一章裡，作者跳出來說話。現身的時機，是為了談論父親。他不顧讀者閱讀體驗中斷，瘋狂地自我揭露。作者寫到父親的瞎，父

親的瘋，以及這些經驗對他信仰的影響。並且極其破壞小說默契地，告訴讀者哪些段落與他親身經歷有關。

拋棄父親之名，可能不僅僅是書寫的一種遊戲，與讀者的捉迷藏。至少可以確定，他不用巴塔耶之名，不是逃避。

另一個重要文本《W.-C.》，除了同樣揭露假名使用的線索之外，且更深入寫了關於父親的場景，實為〈巧合〉的補充。他在當中說到，少年時期，自己與母親一起，在戰火中拋棄病癱發瘋的父親。這是一種特異的伊底帕斯情懷，一種詛咒。我們或許可以這樣說，拋去父親，捨棄父親之名，在巴塔耶的行動中，與其說逃離父親的詛咒，不如說是朝向預言中的惡夢，接受最大的厄運，成為惡。用假名再次拋棄父親，猶如紀念父親的方式。

父親，如同上帝，瘋狂又眼盲。假名這

件事，用極端的思考視之，不光是逃避。巴塔耶是逃離幸福去擁抱不幸、逃離規則去選擇機運、逃離可能性去追求不可能性。

假名，或許是巴塔耶對自己最大的詛咒。

假面的告白，死者的信仰

巴塔耶的另一個矛盾：使用化名時更赤裸，使用本名時更虛偽。

假名是巴塔耶的假面。假面之於巴塔耶，是死者的面孔。面具（假名），蓋著自己的臉，蓋住父親之名。面具，蓋住生者的他。然而面具也顯露出恐懼、死亡與瘋狂。所以面具不只是遮掩，也是顯露，亦裸出死者的面孔。甚至，在巴塔耶研究者眼裡，使用假名寫作的巴塔耶，在那段寫作時光，好比宗教儀式裡戴上面具的巫，是在與死者溝通、交換。抹去自

己的存在，以面具袒露死亡，與死者交換，巴塔耶就是如此把死亡一再堆疊。

　　巴塔耶的敘事與回憶方式充滿曖昧，讓人迷惑。對於塔耶的父母親瘋病，他的哥哥與他有不一樣的說詞。不論真相如何，巴塔耶對於瘋狂的恐懼與迷戀是真的。即使他哥哥否認他們家有拋棄父親一事，但是巴塔耶的罪惡感仍是貨真價實的。巴塔耶刨根似地追問所有的禁忌與惡，不只是去發掘真相，讓事實呈現。相反地，是將一切可能追尋到的事實肢解，使一切可以的解釋失效。巴塔耶總是讓一切成為無法原諒、無法理解、無法安心與固定的狀態。

　　戴上假面的告白，巴塔耶說著瘋狂的語言，是與不可能溝通的世界進行溝通。巴塔耶的種種機制，各種「我」的書寫（本名、假名、死後之名），目的不在於混淆現實與虛構、真相與謊言。巴塔耶的真理追求，必然在

地平線之外，必然於生與死的界線。

　　如果你仔細看，巴塔耶的各個名字，到最後，無論是巴塔耶之名與「我」，都成為面具。面具下則有雙眼睛：一雙盲人之眼看著你。我們看著面具，並非看見任何的臉孔與其再現。我們看著的，是所謂的不可能再現，不可見。閱讀巴塔耶的經驗所留下的，與其說是記憶，不如說是遺忘，以及某種敲碎你心中不知名的界域時的那種快感。

「巴塔耶」與「我」：一道深淵

　　巴塔耶小說中，使用的第一人稱「我」相當迷人。不僅小說，他的文論也經常出現「我」的私密書寫，讀來也往往令人眩暈。那是因為巴塔耶已經將書寫者「我」，尤其是主詞「我（je）」變成面具。「我」已將自己抹

卻，同時「我」成為容納巴塔耶小說裡一切踰越、受苦、折磨、瘋狂、眩暈的容器。

「我」並不等同於巴塔耶。巴塔耶的作品，就在「我」與巴塔耶的不可能同一當中，被書寫出來。

理解巴塔耶，不是去點亮這團黑暗，也不是去避開，或是去探勘黑暗隱沒的事物。與其說巴塔耶是個謎題，不如說是種試煉。我們需要的，僅僅是看見黑暗本身，以盲眼，去看黑暗。巴塔耶渴望直視太陽般直視死亡，不是屍體或任何瀕死，而是死亡本身，然後換取一雙眼 —— 盲眼：「上帝啊，明白我的努力，賜給我，你目盲之眼所見的黑夜。」或「我明白了，朝向終結的寫作，是對死亡的鄉愁，是為了讓自己自外於律法，像垂死之人自由，在不斷到來的時間中，得以不再看見任何事物。」

文學與惡:
巴塔耶的文學論

情色的深處，是惡

　　要翻轉對一位作家與其作品的印象是困難的，甚至是不可能的。不管是巴塔耶的小說創作或是哲思作品，永遠會被貼上情色標籤。

　　這裡所要談論的，不在於幫巴塔耶翻案。他的確書寫情色，只是對他這樣的思想家與實踐家而言，必然走到更深之處。所以重讀巴塔耶，不僅不需要害怕情色的標籤，甚至要把標籤本質化，朝往更深、更痛之處。在那裡，我們看見「惡」。

　　攤開《眼睛的故事》或《艾德瓦爾達夫人》時，會不會有難以言喻的閱讀體驗？你是否感到這並非期待中的某種滿足、飽脹著賀爾蒙的書寫？不僅缺乏，甚至可能相反。換個說法：讀起來可能覺得頭暈，甚至想吐。

若要給想全面認識巴塔耶的讀者建議，我會說，與其循著情色所展開的枝葉，或許追尋著「惡」更能捕捉到巴塔耶的思想。

　　必須先說，巴塔耶談論的「惡」並非有固定內容與性質的概念。也由於這樣，巴塔耶的情色，往往難以捉摸。譬如他對於女屍的巨大痛苦情慾，這未必罪大惡極，更是無法引起性慾的戀屍情節，巴塔耶卻透過小說，挑動罪惡與情慾的敏感神經。

　　回到文本。以最知名的《眼睛的故事》而言，少男少女互動令人瞠目結舌之處，不僅在於性愛的探索，更在惡當中的無盡墮落（小說真正的高潮，全是犯罪中完成）。所有真正的性的歡愉，全建立在「罪」的進犯之上。從小奸小惡開始：撒尿在身上，男女在對方面前自慰。然後，跨越了羞恥的界線，他們全面破壞了道德規範：殺人，並玩弄屍體，與屍體一

起盡歡。小說當中的名言：「我才不管什麼是所謂的肉體的快感，我只關心被界定為污穢的東西。」這個概念的終極目標：把一切乾淨明亮的事物弄髒、在污穢中打滾，達到至極的淫蕩。如此，便是朝向惡的道路。

清潔與髒污不是本質的差異，是相對的界線。因此，把乾淨的領域玷污，是基本的越界，秩序的破壞。沒有惡，情色便是安全的，換言之，是被閹割的。我們應當理解，正是惡，使得情色真正可能──把被閹割的情慾再往前推的可能。缺乏任何罪惡感、興奮、威脅感、焦慮、尖叫、迫鄰死亡的情色，就不是真正的情色。

我們可以說，巴塔耶更喜愛觀念上、詞語上的淫穢。這也順道解釋了他為何著迷於寫作。任何的情色產業或產品，包括當代到處可見的各種A片、網路情色小說、性服務，都是

暫時的滿足，甚至是資本主義給我們的滿足幻象。即使是亂倫或變態的服務或產品，就算能喚起某種慾望與興奮，可是享用過後，終究會感到麻木與空虛。巴塔耶的書寫之所以到今天還能夠如此驚人，是因為他觸到的，是我們的意識、語言、道德的邊境。有這樣力量的，只有惡，而且還不是普通定義下的惡。

至此，我們可以稍微了解為什麼巴塔耶的「情色故事」如此奇詭，因為他是完全駛向惡的。巴塔耶不但不將情色除罪化，為之辯護。反而巴塔耶的辯護，就是惡本身，讓惡可以走向更遠，惡的極致，才可能有情色的極致。

巴塔耶不管採取怎樣的途徑，說怎樣的故事，挑戰什麼界線，都在與死亡搏鬥。挑釁且挑逗死亡，對於生死的輕挑，是如此罪不可赦。死亡激起難以抗拒的慾望，使得死亡本身成為最為情色之事，而在情色當中，死亡在內

裡敞開。在情色的高點，我們可以「走出地平線」，找到理性與秩序的全面失效。否認一切秩序，否認所有教條，這便是惡。

純粹的惡（關鍵字：尼采）

惡不是善的反面，不是非善。善惡的框架之內的惡，不是巴塔耶所思考的惡。因為這樣的惡是被定義的、受限的。這樣的惡被迫去成全善，即使你選擇惡的那端。這樣的善，可能既是偽善，也是偽惡。善或許需要惡來成全，但是惡不需要，因為真正純粹的惡，高品質的惡，就是否定一切的絕對力量。換言之，巴塔耶的惡，並不需要定義內容，但打從一開始就是否定善惡對立的惡，破壞秩序的惡。從另一個角度來看，巴塔耶的思想、寫作與自由有關，與權力也有關。因為舊的善惡之分，無論

在哪個社會文化，都是某種是非對錯的劃分，是權力配置的產物。巴塔耶的目的，最終是挑戰文明的秩序。因為小奸小惡，或被迫扮演惡的角色，其實某方面來說也是善的共謀，對巴塔耶來說是非常噁心的。

巴塔耶恐怕是真正的尼采主義者。不是討論何謂善、何謂惡，或是為何為善、為何為惡，而是把眼光看向禁止我們觀看之處：「人的眼睛既無法容忍太陽、性和屍體，也無法容忍黑暗。」（《太陽肛門》）如果尼采告誡與怪物搏鬥者最後也成為怪物，凝望深淵時深淵也凝望著你，巴塔耶就義無反顧走向這條路：成為怪物，被深淵凝望。

巴塔耶當然不會反對人們指責他的惡，他寧願被取笑、羞辱（「不敢恥笑我死亡的人是懦夫。我值得被眾人取笑的死亡。」）。他最難以忍受的是「除罪」。他無法忍受「惡的無

辜（無罪）」。所以我們在閱讀巴塔耶時，你會在他挑釁的面具底下，瞥見他痛苦萬分的純粹心靈。但或許真的不需要給予他任何意義，尤其正面的意義。我們不用說他用心良苦，不用視他的呼喊是真的想被拯救、想要有人給他機會改過向善。他要的不是任何可以換取、可以預見的利益，譬如喚起抒情、呼喊自由、重拾真正的生命感性。雖然閱讀時讀者可能得到了安慰，也不要廉價認同他。

　　「對於作惡多端的人來說，有利可圖的惡不過是貨品。純正的惡，是不為任何利益的。」（《渺小》）如果惡行可以有任何效益、換取期許，那可能走得不夠遠。即使抽象的利益也不行，譬如為了聲名、引人注目或譁眾取寵。真正的惡，需要徹底地不屑於此。可是弔詭的是這樣純粹的惡，反倒呈現出最純粹的求知形式。對一切可取、可換與可算事物完

全不屑一顧的惡，是慾望的終極形式。就像純粹的愛是不求回報的。也如巴塔耶說：「惡是愛。」

　　相對於他，我們也許都是極其平凡的讀者。閱讀著巴塔耶，時常感到錐心的痛，純粹的情感，足以洗淨內心污穢的能量，即使巴塔耶必然對此不置可否。

溝通，即罪。藝術，即罪

　　「罪，即犧牲，所以溝通即罪。」巴塔耶在《有罪者》裡這樣宣稱。聽起來有點莫名其妙，然而這回應的其實是他的老師牟斯的犧牲研究。簡單而言，在牟斯的宗教人類學研究裡，犧牲就是透過儀式，創造出特異的時空，將犧牲者帶到中心處死。以涂爾幹學派的觀點來說，人類文化最基本的範疇是神聖與

世俗的差異，是絕對不能侵犯的界線，也是秩序的基礎。這種「置死」，正是神聖與世俗的絕對界線的溝通唯一的方式：透過將犧牲者殺死，我們與神聖不可接觸的世界溝通。若說牟斯著重在溝通以及「神聖與世俗」的區分，巴塔耶則特別關注殺死犧牲者的這項罪行，這份「惡」。以他的邏輯來看，所有犧牲品，都是替罪羊，代替我們承受與不可溝通的世界溝通之罪，此即溝通即罪。所以巴塔耶回過頭來檢視，所有的哲學、文學、藝術，本質上不都是去探索未知、試圖知曉宇宙的祕密、觸犯禁忌嗎？

因此巴塔耶進一步去追問，什麼是犧牲呢？或說為什麼這樣的「溝通」需要靠犧牲，又為什麼有罪呢？他在《宗教理論》中寫道，犧牲最重要的，不是殺死（羊、活人），而是「破壞」：透過儀式的暴力，破壞犧牲品原有

的真實性、物體性，以及犧牲品與世界間的實用性與價值。

　　總之，透過犧牲的執行，使得犧牲品進入無價值性、無理性、非現實性的世界：神聖的世界，天堂、地獄或其他宗教所指涉的世界。巴塔耶的犧牲理論，專注在討論犧牲所造成的高潮與焦慮，證實犧牲儀式會製造出完全的內在性。犧牲的殘酷感、對物質的破壞、瘋魔的高潮破壞我們的現實感，乃是對現實的秩序最大的否定。犧牲重點不是殺，是毀滅緊緊束縛我們的日常秩序。

　　巴塔耶的耗費理論也可以在此框架理解（參見《被詛咒的部分》）。耗費就是一種毫不考慮任何價值換取的絕對行為，例如情色本身就是對於生殖的耗費，情色直接走到生殖的完全否定，嚮往死亡的高潮。宗教儀式裡，經常可見奢侈品（精美的法器、奢華的廟宇）與

難以想像的耗費（譬如供品），這些耗費都是在提醒我們：至高無上的價值，比這一些奢華的、浪費的物質更高。奢侈品展現無用性的超越價值，不必要的高度人力與技巧投入、過於奢華與稀少的材料的使用，越是耗費，物品本身越是無用，越能展現價值。

　　所以，巴塔耶看待文學或藝術，勢必將之視為花費昂貴代價且無法換取任何積極事物的「超價值」。換句話說，文學藝術的真正價值，在於它無比的耗費。而且，最好，我們將之犧牲。我們耗費在文學，再將這文學摧毀。這就是巴塔耶文學的破壞性。看似不與任何事物溝通，實際上是「真正的溝通」，跟不可能事物溝通，即使是罪也在所不惜。因為這條路的最終命運，就是把自己當作犧牲品。

巴塔耶，惡與文學

巴塔耶在自己創立的《批評》雜誌寫過一系列書評，後來集結成《文學與惡》。其中寫道：「文學是本質的，或什麼都不是。」

艾蜜莉·勃朗特、波特萊爾、米歇萊、布萊克、薩德、卡夫卡、普魯斯特、惹內，以「惡」的軸線拉出的人名，似乎有些不意外，又有一些令人不解。巴塔耶透過這些作者，不是為了談論令人髮指的惡行描寫、難以忍受的道德淪喪，而是他拉出了另一條線，可以讓這些作品不再只被詮釋為另一種道德或教化展現，譬如沙特所說的文學作品的責任。這可能是他晚年嚴肅思考的展現。

年輕時巴塔耶曾經站在超現實主義的對立處，這回則是在存在主義意圖輕易給出的「新道德」面前，他再一次選擇站在時代的逆流

中。

　　經過多次的重寫，巴塔耶最終提出了「童
性」。在他眼裡，不論是卡夫卡、波特萊爾甚
至普魯斯特，始終有「任意隨行」、「跳出規
律」的特性。譬如波特萊爾的最深沉的拒絕、
絕對的拒絕。在此，計算、有用性失效，當
然，也沒有責任感（與沙特的結論相反）。童
性，同時拒絕了成人，也拒絕了父權。

　　「慢慢地，終究，我想要呈現出來的，
是重新尋回的童年。」至此，巴塔耶晚年的文
學評論集大成。「童性」並非善或無邪，他認
為，這是人類未被社會框限前，不為任何利益
計算、單純好奇、興之所至的本能。在這裡，
巴塔耶用了「童性」區分了某種計算的「惡
意」。

　　這也許是他晚年對於存在主義的虛無風
氣的最後一搏。他並未妥協，可是未若過往激

進。彷彿在這不斷否定與自我折磨的人身上，找回了某種原初的理想。像是，終其一生努力追尋，到最後才認識原來自己的目標到底是什麼。

　　現實中的巴塔耶，其實在擁有文學地位後，也成功捍衛了一些當時可能被排除的作家，譬如惹內、霍格里耶（《窺視者》）或德佛黑（Louis-René des Fôrets）。在文學眼光上，巴塔耶是看得比別人更遠的伯樂。

　　同樣，他的文學也被捍衛著，即使就是一小群人：米歇爾‧萊希斯、沙特、傅柯、羅蘭‧巴特、布朗修。

　　然後到了我們手裡。

高潮與死亡：
巴塔耶的情色論

情色論

　　並非所有關於性的事都是情色，平心而論，與性相關的文化與行為，都沒有抵達情色。大部分的性，只是觸及情色的皮毛，一下子就令人索然無味。最情色的經驗往往不只是性關係，甚至在毫無關係處，開啟最高的情色體驗。

　　掌握巴塔耶的情色論，可能要同時掌握其他的關鍵概念：宗教、暴力、神聖、工作、耗費、遊戲、死亡、連續性、禁忌。換言之，他對情色的關注，幾乎延伸到他所有研究領域：所有觸及的領域都有情色，反之亦然。

　　我們一方面會說巴塔耶的作品與思想，不能以單純的「情色」去定義。同時矛盾的，在他談論的所有內容、訴說的所有故事，即使未必有性的場面，情色仍是無所不在。

他似乎是文學史上最會挖掘令人意想不到的情色時刻的作家。了解巴塔耶的唯一途徑似乎只有一個：重新去定義巴塔耶的情色主義。並重新從情色出發看到巴塔耶所分析的每個層面，也從每個層面的剖析中，重新回頭看待情色扮演的關鍵位置。

對於巴塔耶的情色關懷，我們可以掌握某個基本特質：以碎裂的心靈，渴望著整體。他對於一體、共同體懷著終極嚮往，卻在每個作品、每個字句，呈現出不成形的裂片。

閱讀巴塔耶的挑戰或樂趣，在於聽他專注談論情色時（如《情色論》），會發現他要談的不只情色。常常看到他引用許多人類學與考古學的例子，尤其是拉斯科洞穴壁畫，來開展他對於情色的藝術史、宗教史分析。不論他是否有過度詮釋之嫌，他使用材料的方式還是

常令人驚喜，可見他不是單純空想幻想的思想家。在談論情色如此特殊的主題，他提出的佐證非常豐富，觸及到人類文明的基本面向，包括古代中國、瑪雅、印度等等。

相反，繞過情色去閱讀巴塔耶思索的問題（譬如戰爭、宗教、經濟），到頭來又會扣回到情色。情色與非情色，像是銜尾蛇般互咬。不過，仔細想想，讓原來界線分明的事物、不應混雜的事物交纏在一起，不正是淫穢給人的感覺嗎？巴塔耶的書寫策略使得情色無所不在，無處不情色，讓我們眼光重新觸碰到文明禁止我們大方凝視的領域。巴塔耶不僅邀請我們思考情色，也引誘我們以情色的眼光來思考世界。

巴塔耶直接談論情色的作品，如《情色論》、《情色的歷史》與《愛神的眼淚》，讀起來有些生硬，反倒是1943年《內在經驗》更

能掌握他的情色論核心。尤其弄清巴塔耶思想關鍵的「禁忌」以及「越界」概念，回頭來看他的情色論著會更好理解。這本讓他走出小圈子，被更廣大讀者閱讀的《內在經驗》一書，在人類學、考古學、宗教研究的部分較少，雖然屬於哲學論述，可是呈現較多的個人反思。私密散文的特質，使得這本書成為既可以理解也可以同時喜歡上巴塔耶的重要書籍。

在此簡單解釋巴塔耶為何將情色當作理解人類文明、解放人性的關鍵。巴塔耶認為，「整個文明與人類生活的可能，奠基在對於確保生存的理性手段的掌握與預想。」然而人類生活，無法化約為理性手段，我們可能更被單純目的吸引。試想，如果只有單純為了生殖或為了發洩性慾的性行為，人類不會有情色文化。人類總會發展瘋狂無節制的情色文化，而這本身是非理性的。

除此之外，人類本質上，有浪費、破壞、瘋狂傾向，這些在人類歷史上並不少見。對巴塔耶來說，情色慾望就是目的，為了這個目的，理性被拋在一旁。情色的「純目的而非手段」的認知，讓他可以穿越性禁忌的各種迷霧，不輕易給出答案而去思考我們無法思考的問題。

　　可以說巴塔耶以情色揭開文明原初的瘋狂、非理性。也因此，巴塔耶在《愛神的眼淚》裡說：「我們要知道一切文明的根源，在於情色與最遙遠的宗教信仰間的關係。」

　　我們甚至可以認定巴塔耶的越界是對理性的可能性的挑戰，挑戰著西方的理性文明，這樣的路徑如同尼采的道德系譜學，也如同傅柯的某種沉默考古學。

情色與死亡

巴塔耶毫不避諱地指出，最大的情色來源在於死亡。追求情色，幻想情色，最終指向的都是死亡。於是，巴塔耶的挑釁，便是跟死亡挑釁：「撩」死亡。

在《愛神的眼淚》開頭寫著：「這本書的第一意義在於打開『性高潮（小死）』與『真正的死』乃是相同的意識。從污穢、譫妄到無邊的恐怖。」

巴塔耶對性的渴望與對死的渴望同樣強烈。在最強烈的點，或無邊的界限，兩者乃是同一。那份渴望，不是單純的生理慾望，甚至不是昇華、快感，而是觀念上的，且在想像極限外的。像是巨大的求知慾與擁有慾，想去知道不可能知道之事，想擁有不可能擁有之物。

情色給予的最大歡愉即是「擁抱全部」，

讓粉身碎骨在所不惜。所以情色必然不是通往愉悅，而是通往不可能性，最大的不可能性乃是死亡。弔詭之處也在此出現：快感終結處，情色開始時。或是，其實真正的情色不可能開始，只有在鄰近死亡的時候。

巴塔耶談論大量的死、死者的意象與隱喻。巴塔耶談論死亡的姿態，不是緩慢的、無可避免的、平庸的。巴塔耶呈現的死亡，是破壞性的、突然的、暴力的、瞬間墜落的。死亡是深淵、是斷裂、是暴力、是瘋狂。巴塔耶書寫情色的高潮處，往往也是這種斷裂的死亡安排。

性與死方面，巴塔耶亦展現出經典的戀屍癖，又不僅是特殊性癖滿足。他真正目的是戀上死亡，與死亡性交。

《眼睛的故事》真正的高潮點，是後半部三個緊湊的高潮場景：女性友人的死亡（〈女

屍睜開的眼睛〉一章）、鬥牛士被貫穿的眼、教堂年輕俊美神父的被謀殺。巴塔耶的小說也許真正令人難以忍受的部分，不是情色描寫，而是性愛的高潮往往導向死亡與戀屍癖。然而，比較起薩德的虐殺癖與理性執行計畫的性虐待者，巴塔耶的描述當中，敘事主體相對是極度軟弱、暈眩、癱軟、失去力量、陷入瘋狂，並刻意讓自己失控的痛苦的人。

於是，若是要理解巴塔耶的情色，亦可閱讀他關於死亡的句子：

「被死亡包裹的寧靜，現在我覺得只有它才能產生一種無比溫柔然而無比自由的興奮，後者完全脫軌又十分無力。當死去的M躺在我面前，和雪的寧靜一樣不引人注目，但又和雪的寧靜、寒冷一樣，因過度的僵硬而瘋狂時，我已經體會過這種無邊的溫柔，它其實就是一種極度的不幸。」

「我早就知道，在事物的私密處，是死亡。」

「赤裸是死亡，尤其因為裸體是美麗的，它『死』得更為徹底。」

「赤裸不過是死亡，最溫柔的吻也有一種老鼠的氣味。」（《不可能性》）

情色，禁忌與越界

禁忌與越界需要一起看待。究竟是因為吸引人又危險才會被禁止，還是因為禁止了才令人有更大的慾望去認識？這種雞生蛋、蛋生雞的問題，巴塔耶不含糊以對。他認為，禁忌的事物，就是人類真正所欲求之物。欲求不是追求快樂、高尚、昇華，相反，是被恐懼與低賤吸引，被所謂的惡所迷惑。「人的眼睛無法接受死亡、性交與太陽」，巴塔耶卻渴望那失

明的視覺：「我產生的疑問，沒有一個不是生命與生命的不可能性曾經對每個人提出過的問題。可是，太陽會讓人失明，而且儘管每雙眼都熟悉刺目的陽光，也沒有人會在此迷失。」

在情色中，主體因為跨越了禁忌的界線，在未知的領域裡迷失。巴塔耶的情色，總是一再碰上不可描述的體驗。不論他以「內在經驗」、「界限經驗」甚至「宗教經驗」來稱呼，這些經驗的大門，往往靠情色才能成功打開。

因為情色是根本的禁忌，而情色禁忌最初的源頭是死亡：文明的建立，在於限制人類對死亡一再探究。所以許多文明都禁止人類在性的過度體驗中迷失。原始的社會，往往透過宗教的禁忌，以神祕的儀式去調節死亡與性。有了禁忌，人類才能不觸到既不可知又危險的深淵，才能有清楚的意識與理性，進而有科學，

將人限制在某個安全範圍中去探索並建立知識。然而這乃是巴塔耶畢生致力破除的:人類所有的可能性,其實是被限制住的、安全的。那並不是真正的可能性,必須走得更遠,直到不可能之處,才會發現真正的、未曾被發現過的可能性。

然而,巴塔耶堅信禁忌的一體兩面:一方面是限制,同時任何的限制,永遠是更大的引誘,引誘人去跨越。「跨越禁忌卻不取消它」成為他反覆操作的巴塔耶工程。

情色禁忌的越界,不是對保守、虛偽的道德反諷而已。如果它終極指向的是死亡,所有巴塔耶的情色書寫,就是始終如一對死亡跨界。對死亡的跨界,是渴望回到人類最根源之處。情色僭越,無非是褻瀆宗教,因為宗教蘊藏著人類最初對於世界的恐懼與好奇。他借用涂爾幹社會學派的概念,相信宗教的根本,在

於斷然切分神聖與世俗。而巴塔耶企圖用性與死，跨越宗教限制我們絕對不能跨越的界線。也如同他所說：「情色回應的是人類想與宇宙混淆的意志。」（《情色的歷史》）

情色的存在，彷彿是更大的求知慾與擁有慾，重新探索文明禁止人類去認識的事物。「你笑，是因為你害怕。」巴塔耶藉由不斷挑釁，讓我們去探索經驗的界線。「朝向越界完成的經驗，成功維持了禁忌，為了快感而維持。」（《情色論》）

情色與詩：共同體的渴望

「情色文學的可能性在於情色的不可能性。」情色文學的形式必然一敗塗地、不成形，因為它正誕生於它死亡之時，甚至慾望耗盡之時，大喊著「不可能」之時（《艾德瓦爾

達夫人》最後出現的，正是這句吶喊）。

在這條路上，書寫不是記錄、不是探索，是迫近一切越界真正發生之處，只有書寫能抵達真正的越界，觸碰情色的內在經驗。巴塔耶的文學書寫基於一種絕對的慾望，用詞語將經驗推到最遠處的慾望。是以，巴塔耶的情色書寫，表面看似狂歡，深處是性的歡愉的匱乏。在狂亂的情色書寫，把所有的慾望耗費殆盡時，卻燃起另一種異樣的經驗。所以布朗修沒有說錯：「巴塔耶的極限體驗，是慾望耗盡之人的慾望。」

可能性、理性、有用、工作，這些都是禁忌給予人類的安全地帶，叮嚀我們不要跨越，所有的娛樂、放縱、慾望滿足，都要在安全能操控的範圍之內。人類之所以會有情色，是來自於對這些的潛在否定。然而追根究柢，人熱愛遊戲、忍不住觸犯禁忌、暗自被死亡吸引、

受情色慾望迷惑，都是試圖掙脫這些限制，希望跨越出去。巴塔耶認為人類是孤獨的，因為不僅我們每個人受限於肉體，也受限於觀念。只有在跨界時，我們才能把自己敞開。較為敏感的讀者，應該可以讀到巴塔耶最誠摯的孤獨者的吶喊，只有越界之中，我們才可以想像共同體。

巴塔耶相信，詩性有特別的力量。他對詩性的定義相當特別。他認為，詩使用詞語讓不可能接觸的事物在語言中聯繫起來。這種打破我們慣性思維的聯繫，如同性交，可以褻瀆或是跨越思想上的限制。如同他在《太陽肛門》所說的：「概念的系詞（copula）和身體的性交（copulation）一樣令人興奮。當我高呼我就是太陽時，一種全然的勃起便產生了，因為動詞『是』乃情慾之狂亂的載體。」

只有詩能真正到達巴塔耶的情色高點，

觸碰到不可能性，也就是永恆，讓「海洋與太陽攜手同行」（韓波）。這種無限性，讓人在死亡之中，看見一切可能性的死亡，被禁忌限制又顯得最為誘惑的死亡。突破一切限制所看見的死亡，存在著巴塔耶對於共同體的溫柔想像。

重返越界：
從內在經驗談起

內在經驗並非經驗

《內在經驗》一書,是巴塔耶展現思想最為完整的作品。靠著這本書,巴塔耶在四〇年代確立大師的位置。

「內在經驗」一詞,不僅反映了他痛苦同時快活的獨特思考方式,也觸及他思想的核心。內在經驗不是我們一般談論的經驗,甚至稱不上是經驗,而是主體不可能掌握、不可能描述的經驗。我們只能極其挫敗地談論它——以語言的無力、思考能力的貧瘠,呈現出我們面對這種「無法承受的經驗」時的無比挫敗感。

「內在經驗」只有在無法被經驗的情況才會發生。內在經驗,發生於某種無能為力去經驗、亦「不可能的經驗」的情況裡。它不是某種可以被定義、分享與描述的經驗(恐懼、興

奮、美妙、好壞），不是特殊或稀少的經驗。而是當我們試想著，有一種情況，是我們發揮最大程度的理智、用盡所有感官，都無能為力內化為我們可以消化的經驗的時候。那種不可能描述、不可能比擬的時刻，進而取消你所有邊界感、分際感時，你在此取得完全的內在性（因為不再有內外之分），那才是巴塔耶所謂的內在經驗。想像自己面臨巨大的痛楚、萬分的恐懼、至高無上的極樂時，腦袋一片空白，身體無法控制，意識恍惚又無比清楚；又譬如面臨瀕死、遇上超乎預期的崩壞場景，那種遠遠超過我們日常經驗時的經驗，就是巴塔耶一輩子去挑戰的。

內在經驗可能有點接近我們常說的神祕經驗，但巴塔耶還是否定了這說法。因為神祕經驗讓人短暫滿足，而無法再往前一步。他的內在經驗是不滿足的，無法停下腳步的，加速衝

往地獄的列車。

所以，內在經驗不是任何既有的經驗，也不是任何可能卻尚未擁有的經驗。畢竟，任何經歷過或以想像力召喚的、賦之以形的經驗，或是難以名狀的情感、未能實現的狂想慾望，以及反覆齧咬的記憶，這些仍是「已知」。這些「已知」，無法讓我們「走出地平線之外」。

巴塔耶對於內在經驗的標準極高，他完全否定所有的規則，否定所有能夠推想、猜測、模擬的狀態。他要的是能一次打斷我們思緒、感知框架的暴力，達到極限並打破它。於是巴塔耶在《內在經驗》裡，立下了原則：「我想讓『非知（non-savoir）』成為我寫作的原則。」

「非知」，既不是陌生與尚未認識，更不只是未知，而是在所有的知識之外，知識的極

限之外，所謂「域外」的領域。

因為，即使存在著陌生與未知，我們還是有機會去認識。然而巴塔耶使用的「非知」，一開始就表明，只有存在於我們不可能去認識的地方。所以巴塔耶的內在經驗一定是在極限上，也因此布朗修才以「界限經驗」一詞來解釋何謂內在經驗：它具有絕對的性質，只要我們可以想像，儘管只是虛構或空談，可以想像這種可能，對內在經驗就不夠絕對。

「非知」是我們能想像的所有知識的否定面，那無非是思考終止處。並且是突然終止，像是聽見一位滔滔不絕者的話語戛然而止，彷彿轟然巨響後的沉默。如果以思想史來比喻，即是傅柯讀到波赫士所虛構的中國百科全書時，無可抑止的瘋狂大笑。

「不可能如此思考」的思想，比任何的奇想更具威力。在思考終止瞬間所見的深淵，見

到一切的翻轉，且再翻轉。舉例來說，巴塔耶《眼睛的故事》所寫的三個圓球，目的都在於打破我們的思考慣性與認識框架：眼睛作用不在於看，而在於視覺終止；太陽作用不在於光亮，在於製造於無盡黑暗；睪丸作用不在於生殖，而在於搭建死亡場景。

在一瞬間，我們彷彿看見失明者所見的黑夜，一如享有最大激情活在死者的死亡快感中，接觸到了「不可能」。

內在經驗與其說是經驗，不如說是經驗總體的否定，否定經驗總體的經驗。它只能比我們所經驗的可能性更大。在邊界上，超限地思考不可能思考的事物，在瞬間，彷彿看到永恆。

越界

抵達了極限，下一步，就是越界。即使前面的篇章已經談論過，還是得重返越界。原因無他，巴塔耶的越界不是一勞永逸的，而是反覆的、無盡的。

所謂「越界（transgression）」，並不是單純獵奇似的觸碰禁忌之物，做禁止之事，成為逆天之人。巴塔耶的小說裡，表面上盡情書寫各種犯禁舉動，並吸引著許多讀者：性上癮、雜交、獸交（《眼睛的故事》將牛睪丸塞入陰戶）、戀屍癖（〈死人〉、《眼睛的故事》）、亂倫（《母親》）、性虐（《母親》）。

然而這一切並不是獵奇心態，更不是譁眾取寵的行為。否則的話，若要靠著書寫變態吸引讀者或博取聲名，他沒有必要使用假名，更

不必私下流通作品而非公開販售。巴塔耶所寫下的段落，像是胡亂塞進文字裡的一幕幕變態場面。這些不但不取悅你，不滿足你的好奇心與變態慾。相反，讓你焦躁不安、神經緊繃，感到無力、心碎。越界不是滿足人類的好奇心，而是讓你更不滿足，更感到匱乏，往更危險的領域探索。

越界，不是跨過去，去占領未知的土地，更不是浪漫的探險。一般的跨界，只會發現跨過一條界線後，永遠有另一個邊界在前頭。巴塔耶的越界，是意圖踏在不可能的界線上。因此這條線，必須是無盡的，遠遠超過我們能想像的。甚至，「無限」本身就是一條不可能觸及到的界線，也必然是巴塔耶想去挑戰的。越界的極限體驗，是瞬間一刻的地獄，也是無盡重複的深淵，絕對的斷裂。斷裂所斬的，卻是

一直深深束縛我們的身體與思想的枷鎖。因此，界限經驗藉由斬斷我們的存在的受限，打破了我們肉體與心靈的枷鎖，讓我們不分彼此，因而綻開出了共同體。

傅柯，最愛巴塔耶的哲學家之一，則是點出他的越界手勢。巴塔耶的越界手勢，是跨越意識的界限（令人狂喜迷眩），也跨越律法的界線（挑戰禁忌），以及言語的界線（讓人失語，且「畫出了在沉默沙灘的海線」）。還有更重要的，沿著界限探索時，因為界線取消了我們習以為常的秩序與安排，我們自身最終成為界限：我們在主體接近消亡的危險狀態中，體驗了我們主體意識是多麼地受限。

越界是踰越，且不停重啟踰越。否定掉一切的肯定，直到越界當中一切都無法再否定。最終，越界的手勢，碰觸到空缺本身。

越界不會是任何去神聖化，或假神聖化，

而是再神聖化。越界者，從世俗不斷挑戰神聖的界線，最後成為神聖本身。神聖，就如同涂爾幹所言，是人類社會中最絕對的範疇。神聖與世俗，是徹底的一刀兩斷，是秩序的基本。我們將死者安然隔絕在彼岸，我們將不可能性留在神那裡，才能夠建立起我們的文明，活在我們自以為是的現實感當中。因為我們認識到神聖的不可碰觸，在那禁忌之線之內，我們才可能建立秩序。巴塔耶的思想與寫作，猶如對整個人類文明挑釁。他讓我們領會到，文明包裹我們的幻象，讓我們擁有的可能性是如此溫馴，沒有危險。要掙脫這個局面，必須否定掉所有的可能、可以實現的所有事物，去重新觀看那些讓我們覺得骯髒、恐怖、可笑、恐懼的事物，那些是文明禁止我們去認識的事物，並將我們變成安馴的主體、擁有被閹割的眼睛。然而只有在被禁止認識的事物，包括不可質疑

的神本身，才是生命最根本所欲求、所應該認識的無窮領域。

越界之後

越界的終極意義是再度開始，永遠能夠再度開始，否則不是真正的越界。巴塔耶書寫中呈現的斷裂，是某種刻意的未完成。他藉由書寫不斷重啟，尖銳質問，因為內在經驗追求的是永續的存疑，像不停拍打在岸上碎裂成泡沫的浪。

因此，越界書寫，不是書寫某種越界而獲得的經驗，而是讓書寫本身成為越界的空間，敞開了某種未知極限體驗探索。所以，書寫永遠不是寫過去，而是寫未來，寫未知，寫「非知」。因為在書寫當中，不停書寫的主體，可以企盼不可能到來的未來。

書寫者在寫，等著那不是自己的人。越界，發生在我們不可能再越過去的那個點上。界限經驗成為越界書寫的終點，同時是（永遠不會到來的）起點。

　　越界書寫就是不斷重新啟動。重新啟動，就是用至高無上的律令，使得一切存疑。書寫挑戰了死亡、神聖、與不可能。在界限上，我們再擁有任何經驗。這不可能擁有的經驗，亦是經驗的過度。這超過的、不可能經驗的經驗本身，就是巴塔耶的內在經驗。內在經驗不擁有任何內容，無法記憶，唯一能配得上的經驗的記憶，只有遺忘。越界書寫，等待遺忘。

　　在界限上，我們不被允諾擁有任何事物，包括經驗、包括記憶，因為這不能擁有的經驗、不能記憶的遺忘，就是最純粹的經驗與記憶。此並非終點，因為到來的，是即將重啟的起點。

巴塔耶至今仍不合時宜，而且將永遠不合時宜。然而，每個不合時宜的真正當代人都是試圖與當代的不可能之處溝通之人。幸運的是，巴塔耶與他一生熱情書寫的死亡已經緊緊擁抱在一塊了。在死亡之中，他可以盡情探索，並在界限的外頭，等待著我們，等待著共同體。

第三部

「話語一直
都是逃離我

來
囟」

——巴塔耶文選

W.-C.

嚴格來說，後來我們看到《W.-C.》並不是原來的版本。文中有交代，《W.-C.》是已經被巴塔耶燒掉的書，此處則是再寫的同名文章。這篇文章透露出的線索，對於理解《眼睛的故事》非常有幫助。尤其更仔細交代父親瞎眼的情形，以及他「拋棄父親」之罪惡的形成。這樣的道德崩毀逆轉，成為巴塔耶一輩子的思索與實踐。

在寫《眼睛的故事》的前一年，我寫了一本書叫《W.-C.》。這本小書，可說是瘋狂的文學。《W.-C.》是悼亡的，而《眼睛的故事》是青春的。《W.-C.》的手稿已經燒掉了，這並不可惜，畢竟我此刻仍在悲傷：我的哀號是恐怖的哀號（恐懼我自己本身，不是我的放蕩，

而是恐懼我哲學的腦袋。自從……啊，多麼哀傷！）。相反，我還是快活於關於《眼睛的故事》噴發的喜悅。那是無法抹滅的。那是無法比擬的欣狂，一種天真的怪誕，超越了焦慮之外。焦慮在此展現意義。

《W.-C.》裡的插畫有只眼睛，那是斷頭台的孔眼。孤獨的，四周豎起睫毛，孤獨得猶如太陽的眼，在斷頭台中間張開。這幅插畫叫「永劫回歸」，描繪恐懼的政治機器。梅尤喜劇（Concert Mayol）這個戲仿詩歌裡，給予我一則傳說：

「神身上的血液如此悲傷地深藏在聲音之中。」

在《眼睛的故事》裡，有《W.-C.》另一個版本的模糊記憶。那是從標題頁開始，就一直

緊隨的糟糕信息。Lord Auch這個作者名字與我某個朋友的習慣有關。他情緒不穩，從來不說「去廁所（aux chiottes）」，而是簡短說「aux ch'」。Lord則是英文當中的上帝（在《聖經》中）。Lord Auch，意思就是上帝在小便。現存的歷史禁止去強調這點。每個生命都是在這樣的場所幻化出來的：上帝暗藏於廁所，用尿液洗亮天空。

作為上帝，閃亮的裸體，在夜雨的天空，出現在廣場上：紅色的，神聖的，在巨大的暴雨中拉著屎的，做著鬼臉的，力竭流著不可能的眼淚的上帝。誰能知曉，我面前的，就是偉大的上帝？

「意識之眼」與「斷頭台」是永劫回歸的化身，有任何自我譴責的意象比這還絕望嗎？

我給《W.-C.》一個叫「Troppmann」的假名。

夜裡，面對母親的屍體，我把自己剝得赤條條（有些人讀過〈巧合〉後懷疑：這些不是虛構的敘事吧？現在這篇〈前言〉與〈巧合〉都是真實故事的文學：許多R村的人都能見證事實；同時，我許多朋友都讀過《W.-C.》）。

　　衝擊我最甚的，是我多次看見我父親小便。他瞎眼癱瘓地從床上爬下（我父親又盲又癱），痛苦下床（在我的幫助下），穿著襯衫，頭髮梳理好，更常戴著毛帽，然後坐在一個盤子上（他留著短短亂亂的白鬍子，老鷹般的大鼻子與墓穴般的大眼，凝視著空無）。事情發生時，「雷擊般的痛苦」使他發出野獸般的嚎叫，痛苦地彎著雙腿，徒勞地夾著雙臂。

　　我察覺我父親瞎了之後（完全瞎」），我從此獲得了如同伊底帕斯的眼。

　　我像是被神祕力量預言的伊底帕斯——世上沒有人比我還會預言了。

1915年十一月六日，在戰火侵襲的小城，離德軍只有四、五公里之處，我的父親被拋棄，直到死亡。

我的母親與我拋棄了他。那時德軍於八月十四日進犯。

我們把他丟給了女管家。

德軍占領城市，而後撤出。要不要回去成了問題。我的母親，承受不了這念頭，瘋了。接近年底時，她痊癒了，她不願讓我回去N城。我們好不容易收到父親的信，裡頭徹底胡言亂語。當我們知道他瀕臨死亡，母親同意跟著我一起回去。他在我們回去前幾天過世，死前祈求孩子歸來。而我們在房間，看到的僅是已封棺的棺材。

當我父親發瘋了時（約在戰爭前一年），度過了幻象纏身的一晚，母親派我去郵局傳電報。我記得在途中，被一股可怕的傲氣擄獲。

不幸重壓著我，內心卻諷刺回應著：「真的是命運安排，我得到如此多的恐懼呢！」幾個月前，一個美好的十二月早晨，我告訴父母，不管怎樣，我再也不踏進高中校門一步了。天大的怒氣也無法改變我的決定。我獨自居住，甚少走出家裡附近，避免在市中心遇到同學。

我的父親，毫無信仰，死前拒絕祈禱。青春期時我也不信神（我母親則是對信仰無所謂）。可是我在1914年八月去見了神父，直到二十歲，幾乎每週都去懺悔我的罪過。二十歲，我再度改變，選擇相信其他事物，相信我的機運。我的虔誠只是試圖洗脫罪名：我願付出一切代價逃離命運，我拋棄了父親。如今，我明白何謂無邊的「盲」，明白被放棄在這世界上的男人，如同被放棄在N城的父親，是怎樣的。在這土地上，天穹之下，沒有任何一個人在乎我垂死父親的焦慮。然而，我始終相

信，他面對了。那時，那是怎樣的「可怕的傲氣」，存在於我瞎眼的父親的微笑裡。

夢

收錄在《全集》的無名雜稿，題名為〈夢〉。因為是沒頭沒尾的筆記，難以確定是真的夢境還是回憶，是虛構還是真實。可是確實是書寫者最內在的瘋狂與創傷。這短文在巴塔耶的作品裡，不亞於任何怪異與暴力場景。

我在漢斯的家前面的街。我騎著腳踏車離開。石磚路，與街車鐵道，對於腳踏車而言十分苦惱。不知會向左還是向右的石磚路，蔓延的街車鐵道。我擦身過一臺街車，沒發生事故。我想要到某個地方，經過一個轉彎，出現了一條平整的小路，可是這時已經太遲了，沿著這平整的路走，帶著速度騎下，現在又是石磚了。事實上，當我轉過那個過往不同的路，這條路以劇烈的方式改變，迸出了強烈的

東西。我持續接收到這強烈的感覺，可是我發現它的形式越來越難以捉摸。那最初是木酒桶的框架，正逐漸解體成一圈一圈，必須要把這些填補起來，然而越來越散裂。有位非常有男子氣概且粗暴的木酒桶工，將這些細長解體的酒桶立直。這時，殘酷的夜降臨：我變成美國紳士的樣子，在這四周徘徊。為了要將酒桶立直，必須要用碳黑色的繩索綁著。而兇殘的巨大老鼠一直過來，得要把牠們殺了。木桶工卻彷彿非常愉悅地與這些垃圾老鼠一塊，相處愉快。而我這位美國遊客則完全不想被弄髒，且不停被咬，覺得厭惡、害怕。然而他卻站著，身上滿是血腥的黏膩的魚與死老鼠，他巨大的身形就快消滅了。

是這般聯繫著。

可怕的老鼠，以及我童年全部的恐懼。

帶著一根蠟燭走下地窖。

可怕的蛛網。

突然，我想起來了。我與父親拿著一根蠟燭走下地窖。夢見一隻熊拿著燭檯。

像這樣，童年如蛛網般的恐懼，連結到被脫下褲子，坐在父親膝上的回憶。這是一種最恐懼也最美好的矛盾。

我看著父親怨毒的微笑，盲眼的他將猥褻的雙手伸向我。這是我最恐怖的回憶。某次假期回家，我在他身上再度看到相同的迷戀。

醒來時，對於連接起對老鼠的恐懼與對父親的回憶，給予我一種刑罰，像是禿鷹（父親）啄著癩蛤蟆，令牠滿身是血。我的光屁股與肚子上沾滿了血。如此目盲的回憶，如同閉著眼望著太陽所見的紅。我的父親，我想是瞎了，他也以他紅色的盲看見了太陽。這回憶平行於我坐著的父親。

這回憶給我帶來的印象，使我想起父親年輕時，想要給我粗暴地塞進某個東西，以取得快感。

我在三歲左右光著身子坐在父親的膝蓋上，他充滿血的陰莖如同太陽。

那是拿來玩套圈圈的。

父親打我耳光，而我看見了太陽。

悪

〈惡〉收錄於《渺小》，是巴塔耶以筆名出版，並且發行量極少的作品。在過世後的《全集》裡重現天日。〈惡〉展現了巴塔耶的特殊文體：帶著議論、私密描寫、將最難堪的記憶與虛構技巧重合。巴塔耶留下的作品最多屬於這一類，匿名少量出版，或未曾發表過。

★

只有我一人受邀的宴會裡。我被中斷聯繫，不再能夠與他人有所關聯。因為我再也無法忍受聯繫當中所要求的任何忠貞性。沒有人會喜歡一直這麼斷絕聯繫的。為了愛的一切行動，將我赤裸地置身於黑夜的街，不為了哪個愚蠢的女人，而是因為獨自活在確然無比的

沉默中，是不可能的。我會在此做不可告人之事，跟我所述說的那些粗俗無意義的話語不同，那是人們難以思考的事。我會拉屎，在上頭睡覺、哭泣。我仍會給予自以為能理解我的人羞辱，他們沒能想像我的粗野。我不想要享用快感，也不想覺得噁心，然而……

　　睜大雙眼望著天空，星星，在無邪的狀態。

　　我是一個錯亂的、扒光衣服的女人，白色之眼。渴望著匱乏而不是快感。匱乏之惡勝過於快感的貪婪。惡，即否定秩序的需要，沒有它，我們無法活下去。

　　人類在善當中相互誤解，在惡當中相愛。善是虛偽。惡是愛。無辜，是愛著罪惡。

　　對於作惡多端的人來說，有利可圖的惡不過是貨品。純正的惡，是不為任何利益的。

　　社會建基在惡之上，私密的、溫柔的、不

為任何利益的惡：如同黑夜，由焦慮構成。

★

　　將某部分的人驅逐，並剝奪他的生命，用病態般無法理解的方式，強逼著所有人，將他們自己的一部分也跟著放逐出去……被羞恥擄獲，捨棄心底的恐懼，愚蠢地投入在一個男人的夢境，那將是幻覺，以逃避在他心中更底層的……

　　那天，有個女孩赤裸地在我的雙臂中，我用手指撫摸她的胸前與後背。我跟她溫柔訴說「渺小」。她懂。人們時不時將這地方稱作妓院，對我而言那又如何。

　　若我想起昏暗得無可救藥的童年，被判定要遮遮掩掩的，其實是我心中最溫柔的聲音，這聲音自己寫著：我自己本身就是「渺小」，

我的位置是躲藏。

　　人們難以想像在意識當中被責難成劣等的「渺小」的溫柔。人們將與我一同哭泣，猜想可以在渺小當中聯繫一起，只能在害怕中，與黑暗且溫柔的勇氣作伴。

　　我的腦袋無法跳躍，像個被誰扭著的手腕。「我知道的。」這句子一直在內心迴響。不知道在做什麼，該做什麼。睡覺嗎？我應該要醒來了。在數世紀的沉默底下開始說話。沒有善。假如沒有善，那什麼都沒有。

　　躲在模糊不清的概念裡煽動著我們的神是個瘋子。我清楚祂，我是祂。

　　我是神啊……

　　我想我將會是……焦慮的！神聖的焦慮：

沒有任何義務、任何任務要實現，沒有善需要落實。一切被耗盡，除了殞亡時的光輝外什麼都沒有。

「渺小」：殞亡時的光輝，死亡的，如同死去的星球的光芒。天空乍現出的光芒宣告死亡。在雲底的夕陽時光之美，狂風驟雨之美。

我睡著且做著夢。我赤裸伴隨著一個女孩，我被她將撕碎人心的逸樂淫蕩所吸引。現在，我明白這種逸樂，超過尺度，意識是難以忍受的夢魘。我的夢魘回應著我所在的死亡星球，死亡的星球在遠處，它的光仍在，光芒在充滿活力的無限中消逝：我訴說著自己的死亡……

我的故事，若少了令人窒息的齷齪「渺小」，會多麼愚蠢，我昨天仍然睡著，哭著，因為羞恥而迷狂。該怎樣把昨天的恐懼叫喊出來呢？

我大笑著在高潮中迎接著不幸。不幸在此，我不再有力量笑，其他在取笑的人啊，我邀請他們來這裡。不敢恥笑我死亡的人是懦夫。我值得被眾人取笑的死亡。

　　在痛苦深處，在那裡無人能想像任何可以渴望的事物，在那裡「可能性」總有張無生命的臉孔。

　　精神官能症：對神所擁有的焦慮的鄉愁。

　　用精神病學來解釋我的行為，是完全搞錯重點，猶如喜劇：像我這樣的人，所做的一切，就是「渺小」。精神官能其實是負責的。若人們逃避無法解決的神祕，對於世界上一切的存在有什麼期待？

　　無力回應，我們假裝已經回應，精神官能是唯一去反對這種成功的偽裝！從反面看是很明顯的：一個成功的說謊者，是站在令人焦慮的神祕性的對立面。精神官能症者，小心翼翼

地在不可能性的深處學習，那裡充滿意外性，而不是純然接受無法避免的自然法則。不可能性在於存有的深處……。精神官能症者，暗示著他處在他所不在的環境裡，正常有理性人們有充分理由說他病了，但實際上他接近生命的核心，而正常者反倒是生命的陌異者（除非在笑中、在放蕩中、在詩中、在信仰中、在戰爭中，才靠近生命本質……）。

赤裸腹部，赤裸臀部，寫著，寫作與尋找純潔，我脫下內褲。在陰溼的走廊裡感受清涼，我滑潤的手是惡之手。

精神官能症者，錯過了幸福的可能，每當幸福到來，他皆糟蹋掉。人們指責他有病，是有罪的，人們把他推往某種虛弱的真實，像是懲罰般對他反覆說教，希望他理解，並剝奪其力量。在事物深處的不可能性噴散出一種難以抑止的躁動，所以人們才會將之虛構成一種罪

惡的力量，非除之而後快。要享有幸福，必須消除這躁動的力量。

　　人渴望惡、有罪的元素，但不敢（或不能）獻上他的靈魂，所以才以間接的手段，譬如精神官能症，或是笑，用這些方法逃避。

　　若說：「神是惡。」這意思並非一般人所想的那樣。這是一種溫柔的真理，對於死亡的友善，乃是朝向死亡與缺席的一種滑動。

　　然而神不是惡：祂既不是惡亦不是善。我在惡之中觸及神，生命在此結合，在惡當中認識了因恐懼萬分而瞪大眼睛的愛。我只在有罪裡認識得到無辜的神，祂的無辜與我身上的惡是同樣的東西，如同年輕女孩多毛的性器，天使般純潔，跟我的龜頭是同樣的東西。

神是比惡還更糟更難以忍受的，祂是惡的無辜（l'innocence du mal）。

所謂弱：「沒有惡，一切是純粹的，而沉默間給予道理。」但所謂強：「惡是存在於事物深處的不可能性，透過壞事、罪惡與戰爭的那端來顯現。」

在事物深處的不可能性，隱隱地統一了人類。男孩與女孩在無以名之的情況下，發現了性交（下流的裂縫）。人類在罪惡的記憶中彼此結合：神被定義為正義，但被判了罪，並被置之於死地。

兩個最為共通的影像：十字架與尾巴。

我毫無猶豫地投身於不可能性：向他者展開，赤裸著書寫，私密地與他者合一。像是一個臉頰變色、翻白眼的女孩，不是人一般的存在。

我內心悔恨，過去齧咬著我。這是忍無

可忍的、無可救藥的過去！神無法忍受的恐怖記憶（但我不是談了神了嗎，還是我尖叫了？）！

無辜？有罪？愚蠢？可是過去呢……無法挽回的過去該怎麼說呢？況且如此久遠，無法洗清的髒污，得在這洗清不了的髒污上生存。

在純粹的惡裡，人之善蕩然無存，可是別忘了，人之善並非善，如同人之惡並非惡。善惡範疇早已破碎：我可以渴望惡，同時確信可以因為愛，將我最好的純粹禮物贈與他者。假如我身上仍苟延殘喘著關於善的情感，而剝奪我的悔恨，沒有辦法將我深深塞入惡裡，這樣的惡便不是我要的。

這是怎樣的惡，到了最後卻是人之善？這種惡，驅逐了安寧，遠離保證的幸福：它犧牲了生命，危險地燒毀一切，誠心地通往神聖，通往焦慮。

假如我為了增加我的力量而破壞（或僅僅為了個人的快感），那麼我就只是在善的那端，因為這還是在使得力量有用。這種惡，不過是用另一種秩序觀點所建構的無秩序。然而，我們應當想像，在快感或力量當中，惡仍然只是想要實現自身。快感與力量，可能不過是惡的手段而已。

　　比起我短暫擁有的神智清醒與內心平靜，相反，惡所索求的如此深沉、艱澀。寫著，在善的道路上游移著書寫，很快地我無法再回應惡如此全然的索求。

　　我享受於我過去的放蕩。我重新想起漫長的放蕩歲月中，那些猥褻的細節。臀部、嘴巴、胸部的味道，尤其是裸體的感官記憶：一

位永遠比其他人赤裸的女孩，她奇蹟般的裸，時而在她的手臂、腰帶、外套裡，時而完全裸露，裸足。然而一直是背後那道縫口朝我的眼睛敞開，朝我的手打開……有時是朝著別人的眼睛……女孩的嘴是多麼的深，堪比黑夜，堪比天空，因為嘴巴之後，是裸的。私密在縫口裡撫摸，嘴巴害怕著，變澀，神聖……而另外一個乏味的女孩，不管是正面或背面，都像被包覆好的蘋果那般不赤裸。然而真正的赤裸，尖銳的、母性的、沉靜潔白，而像在畜牧場般沾滿糞便的裸體，這是酒神女祭師揭露的真理，將龜頭夾在雙腿與放進嘴中，是大地上最終的真理，同時瘋狂暗示又深植於暗影，將神祇視為被判刑的存在，只是為了打開那雙死者之眼。

這是最為祕密、幽微羞恥的真理：必須將這真理置於罪犯的面具（雖然粗俗又有趣）

下，並誤解它。

情色的天空敞開：這時巧合的，出現了一段慶典音樂（令人瘋狂迷醉），以及死亡的沉默。

純粹的情色：火山口，不可能性，爬上了喉嚨，帶有血的味道。

淫蕩：神聖的不可能性義無反顧地躲藏在粗野的面具底下。在此只有神被面具隱藏，但不可能性沒有。在教堂中的神是由不可能性完成的面具。所謂神，是糖衣包裹的懦弱，並決定，同時給神與不可能性戴上面具隱藏。

故作姿態的神其實無比荒淫：帶著可人的面具，獻身於虔誠中，死時冠以花環，被老處女擁吻著。

如同在妓院。

神是有所選擇的。

可能的、人性的，神缺乏使人無法抵達的界線。

黃昏，在一大片蘿蔔園的邊緣，延展整面的烏雲層下，「渺小」蹲下，翻著白眼，光著屁股，推移著神聖的界線。他的思考在天空迷宮中尋覓，他迷途，像隻被魔鬼捉弄使其尾巴變小而尋不找的狗（所以他就是他對於世界的認識），他（喜劇或悲劇地）轉身，繞著自己卻什麼都抓不到。

神無法忍受任何思考的時刻，這就是為什麼神不能存在。

誰將會成為神呢？

誰將會知道什麼都無法知道的事呢？

誰會使自己迷途呢？

誰能夠在死亡中探詢呢？

最後，我在無比恐懼中說著這些。

在神的位置

只
有
不可能性
與非神

太陽肛門
（尉光吉翻譯）

《太陽肛門》寫在《眼睛的故事》之前。是巴塔耶最神祕難解的作品之一。彷彿是為接下來二十多年的寫作，給出一份強大的宣言。也可以當作巴塔耶主觀世界的宇宙論，難以理解，卻相當迷人。

　　顯然，世界是純粹的戲仿，換言之，我們看到的每件事物都是對另一件事物的戲仿，或者是同一件事物的虛假形式。

　　自從句子開始在致力於反思的大腦中循環，一種實現整體認同的努力就已經被做出，因為借助系詞，每個句子都把一件事物同另一件事物連接起來；所有的事物都是可見地聯繫著的，如果我們能夠一眼就完全發現一條阿里

阿德涅之線的軌跡，它將思想引入了自身的迷宮。

　　但概念的系詞和身體的性交一樣令人興奮。當我高呼我就是太陽時，一種全然的勃起便產生了，因為動詞「是」乃情慾之狂亂的載體。

　　每個人都知道，生命是戲仿的，並且，它缺乏解釋。

　　因而，鉛是對黃金的戲仿。

　　空氣是對水的戲仿。

　　大腦是對赤道的戲仿。

　　性交是對犯罪的戲仿。

　　黃金、水、赤道，或犯罪，每個都可被推奉為事物的法則。

　　如果事物的本源不像星球的土地，不是

一種根基，而是像星球在圍繞固定的中心旋轉時描述的循環運動，那麼，一輛汽車，一個時鐘，或一臺縫紉機，都同樣可以被接受為生成的法則。

旋轉的運動和性交的運動，是兩種主要的運動：它們的結合就是機車的輪胎和活塞。

兩個運動相互轉變，從一個變成另一個。

由此，我們注意到，地球通過旋轉讓動物和人性交，而動物和人通過性交讓地球旋轉（因為結果亦原因）。

兩個運動的結合或轉變，就是煉金術士尋求的哲人之寶石。

正是通過這種神奇的寶貴結合，我們才確定了人在元素中間的常下位置。

一只被遺棄的鞋，一顆腐壞的牙齒，一個獅子鼻，往主人的湯裡吐口水的廚子，它們之

於愛情，就像戰旗之於民族。

　　一把雨傘，一個六旬的老人，一個神學院學生，臭雞蛋的氣味，法官空洞的眼神，它們是滋養愛情的根。

　　一條吞噬鵝胃的狗，一個嘔吐的醉女人，一個啜泣的會計師，一罐芥末，它們呈現了充當愛情之載體的困惑。

　　一個發現自己在他人中間的人感到了惱怒，因為他不知道為什麼自己不是他們中的一個。

　　在床上，在他所愛的女孩身旁，他忘了，他並不知道為什麼他是他自己，而不是他觸摸的那個身體。

　　因為不知道，他遭受了精神黑暗的痛苦，這黑暗阻止他喊出，他自己就是那個在他懷裡顫抖並遺忘了他也在場的女孩。

愛情，或幼稚的憤怒，或地方貴婦的虛榮，或牧師的情色，或女高音的鑽石，讓被人遺忘在落滿灰塵的公寓裡的個體眩暈。

他們大可以試著相互發現；他們不會發現任何的東西，除了戲仿的圖像，他們將入睡，空虛如鏡子。

缺席的呆女孩，無夢地偎依在我的懷中，相比於我可以眺望或穿越的門窗，她不會更加外在。

當我入睡，透過一種對發生之事的愛的不能，我覺察到了冷淡（允許她離我而去）。

當我抱住她，她不可能知道她會發現誰，因為她固執地獲得了一種徹底的遺忘。

行星系在空間中旋轉，就像飛快的唱片，它們的中心同樣在移動，描述著一個無限擴大的圓，它們不斷偏離自己的位置，只是為了回

歸，完成它們的循環。

運動是愛情的圖像，無法在特定的存在上停止，又迅速地轉向另一個存在。

但以這種方式決定了它的遺忘，只是記憶的託詞罷了。

一個人突兀地站起來，像棺材裡的幽靈，又同樣突兀地倒下。

他過了幾個小時起來，然後，他再次倒下，相同的事情每天都在發生；這種和空氣的偉大交媾，受到了圍繞著太陽的地球旋轉的調控。

所以，即使塵世的生活邁入了這種循環的節奏當中，這一運動的圖像並不是旋轉的地球，而是男人的軸，插入女人的身體，又幾乎完全地拔出，為了再次地進入。

愛情和生命似乎是分離的，因為地球上的一切，都被振幅和持續時間不一的振動割裂了。

然而，所有的振動都結合於持續的循環運動；同樣地，一輛在地球表層翻滾的機車是持續變形的圖像。

存在唯有死亡，才能誕生，正如陽具離開身體，為了再度的進入。

植物在陽光下生長，又在土地裡潰亡。

樹木用許多帶花的、直指太陽的軸，衝破土地。

強而有力高聳著的樹木，最終被閃電焚燒，被斬斷，被連根拔起，回歸了土地，它們便以另一種形式破土重來。

但它們形態多樣的交媾是始終如一的地球旋轉的一種功能而已。

和旋轉相結合的有機生命的最簡單圖像是潮汐。

　　在海洋的運動中，是地球和月亮的始終如一的交媾，以及地球和太陽的形態多樣的有機交媾。

　　但太陽之愛的首要形式是從液體元素中聚集起來的雲。

　　愛慾之雲有時會變成風暴，並通過雨的形式返回大地，而閃電就在大氣層中穿梭。

　　雨水很快就通過一棵固定植物的形式，被重新聚集起來。

　　動物的生命全部來自海洋的運動，而在身體的內部，生命繼續從鹹水中誕生。

　　那麼，海洋就扮演了女性器官的角色，在陽具的刺激下溶化。

海洋不斷地自慰。

在海水中包含並孕育著的固體元素，受到愛慾運動的激發，以飛魚的形式噴射而出。

勃起和太陽製造醜聞，正如屍體和地窖的黑暗。

植物無一不指向太陽：另一方面，人，即使陽具挺如樹木，仍和其他的動物相反，必然地移開了目光。

人的眼睛既無法容忍太陽、性和屍體，也無法容忍黑暗，只得以另外的方式來回應。

當我的臉溢滿鮮血，它就變得通紅而淫蕩。

通過病態的反射，一種血液的勃起，一種對猥褻和罪惡放蕩的過分渴求，臉同時背叛了我。

為此，我毫無畏懼地承認，我的臉就是一

件醜聞，我的激情唯有耶穌維（Jesuve）才能表達。

地球被火山所覆蓋，火山就是地球的肛門。

雖然地球什麼都不吃，但它時常地把內臟裡的東西噴出來。

這些被喧囂地噴出又落回的東西，從耶穌維的身旁流淌而下，四處散播著恐怖和死亡。

事實上，大地的愛慾運動不如海洋那麼多產，但它們更加迅猛。

地球有時會狂躁地自慰，使地表上的一切事物坍塌。

耶穌維是一種愛慾運動的圖像，它竊取心靈的觀念，並賦予它們慘烈爆發的力量。

這種爆發的力量在那些地位低下的人身上積累。

在資產階級的眼中，無產階級工人就像帶毛的性器官（或更低級的部分）一樣醜陋、骯髒；遲早會有一場慘烈的爆發，把資產階級無性慾的崇高腦袋砍下。

災難，革命，火山，它們不和星辰做愛。

充滿愛慾的革命和火山的爆發，是同天空相對抗。

正如在暴力的愛情中，它們超越了生殖力的束縛。

和天上的生殖力相反，這是地上的災難，是無條件的塵世之愛的圖像，是從不迴避、也無規律的勃起，是醜聞，是恐怖。

那麼，愛，在我自己的喉中尖叫；我就

是耶穌維，是對酷熱、盲目的太陽的猥褻的戲仿。

我要撕開我的喉嚨，我要侵犯那個女孩，對她，我將能夠說：妳就是夜。

太陽唯獨愛著夜，並把其光明的暴力，其卑賤的軸，投向大地，但它發現自己無法達到凝視，達到夜，雖然夜間的大地不斷把頭撐向太陽輻射的猥褻。

太陽的圓環（annulus）是她十八歲身體的完好無損的肛門（anus），任何足夠耀眼的東西都比不上它，除了太陽，雖然肛門就是夜。

（本文由尉光吉授權刊登）

《文學與惡》前言

巴塔耶的《文學與惡》像是總結。他對於文學，不僅要辯護「惡」的文學，也要捍衛「惡的文學」的詮釋。意思是，除了將文學某種「本質的」價值保留，也不讓文學當中惡的本質光輝，因為某些人道主義的膚淺詮釋而失去力量。如同他說的，不可捍衛文學是無罪的，而是要捍衛文學「應該有罪」。

我所屬的世代是紛亂吵雜的。

這世代的文學生活誕生於紛亂吵雜的超現實主義裡。一次大戰後的幾年間，有種情感溢了出來。文學，在它的限制裡感到窒息，彷彿文學本身帶來了革命。

這份嚴謹的研究，是由我這個年紀已屆成熟的人所組織的。

然而，這些研究的深沉處，關係的卻是他年輕歲月時的騷動，是微小的回音。

在我眼裡，最大的意義在於，這些研究曾發表（至少是第一次）於《批評》上，這個期刊的嚴肅特質是它最大的資產。

另外我應該提醒的是，假如我有需要重寫這些東西，是因為在我精神裡頭寄居的喧囂。在一開始的時候，只能用晦暗的方式來表達。喧囂是根本的，也是這本書的意義。但現在該是時候要抵達意識的明亮之處了。

是時候……像是時間匱乏了。至少時間不夠了。

這些研究是對於我持續地挽救文學的意義所得到的回答……文學是本質的，或什麼都不是。惡——「惡」的某種尖銳形式——所表達的，我想，對我們來說，是至高無上的價值。而這概念並不是要求道德缺席，而是嚴格地索

求一種「超道德」。

　　文學是溝通。溝通索求忠誠性。以這樣的觀點來說，嚴格的道德必須與惡有所共謀，惡造就最為稠密的溝通。

　　文學不是無辜的，而最終該獻身於有罪。只有行動才有權力。終究，慢慢地，我想要呈現出來的，是重新尋回的童年。但是童年所統率的，有所謂的真理嗎？在面對必須的行動前，卡夫卡展現他的正直，卻不允許自己有任何權力。惹內的書所教導的事，沙特所為他所做的辯護卻是不能接受的。因為最終文學要捍衛的事是應當有罪。

《天空之藍》前言

1957年，巴塔耶出版了這本三〇年代完成的作品。在這篇〈前言〉，他以短短的句子，透露對於「小說創作」的標準，而且是革新的。其中，還有非常珍貴的書單。另外珍貴的是，經過二十年，回過頭看他當時以為記錄了歷史，卻在大歷史（例如二戰）當中變得渺小。在這情形下的首次揭露，遂成了對讀者罕見的溫情溝通。

　　或多，或少，所有的人都被敘事、小說心懸，沉浸在其中揭示的生命複雜真理。只有這些敘事，有時是在某種擔憂中閱讀，才使人能面對命運。因此我們應該要滿懷熱情地追尋敘事中的可能存在。如何致力於革新小說，最好使之永恆。

憂心於不同技巧，使得對所有已知的形式感到厭倦，事實上我們已經被這種心態占據了心靈。然而我不太懂的是，既然我們想要探索小說的可能，那麼其「基礎」首先就不是可以被察覺與注意到的。昭示著生命可能性的敘事，不一定會發出激烈的叫喊，然而它一定召喚起某個狂暴時刻，沒有這個，它的作者將會對超越界限的可能性視而不見。我相信：只有令人窒息難以言語的、不可能的考驗，才能給予作者抵達他的彼方視界的方法。這是某個因陳規舊俗而感到疲憊的讀者所企盼的。

　　那種書早被作者超越了，我們怎麼還能逗留於此呢？

　　我想制訂出原則。我放棄合法化這原則。

　　我僅限於給出一份合於我的論斷的書單（只有幾本，我還可以給出其他，然而無序就是我想要的標準）：《咆哮山莊》、《審

判》、《追憶似水年華》、《紅與黑》、《歐琴尼·德·佛朗瓦爾》、《死刑判決》、《薩拉辛》、《白痴》⋯⋯

我想要沉重地表達自己。

然而我並非暗示狂亂的爆發或是令人窒息難言的試煉，就能確保敘事的啟示性力量。我這麼說，不過是想說，將我撕裂的苦刑，僅僅是源自於《天空之藍》怪物般的不正常性。就是這不正常成為《天空之藍》的根基。可是我無法考慮這本書是否有足夠的價值。1935年我放棄出版這本書。現在，我的朋友讀過手稿後，為此深受感動，鼓勵我出版。我最終相信他們的判斷。雖然我同樣或多或少忘記這部作品了。

我曾在1936年決定不再想這作品。

除此之外，西班牙內戰與二次大戰，都使得這作品相關的歷史事件變得毫無意義：在悲

劇本身面前，誰會注意它的預告呢？

　　因此，這符合這本書給我帶來的不滿與病態。然而今天些情況對我而言都變得遙遠，我的敘事，原是在事件如火如荼時所寫，最後呈現出來像是其他條件下產生的作品，只是作者處在毫無意義下的過去所做的選擇而已。如今我離這本書誕生的狀態非常遙遠。不過即使這本書當初決定不出版的理由，如今已毫無用處，我仍相信朋友的評斷。

關於尼采

巴塔耶思想源頭跟他書寫的範圍一樣多元，然而也許尼采精神上與他最親近。我們也可以畫出「尼采—巴塔耶—傅柯」這樣的思想系譜。對於我們怎樣成為這樣的主體，尼采的道德系譜研究，就是巴塔耶的範本。也在尼采的引導下，巴塔耶義無反顧地往「非知」前進。

〈尼采先生〉第一節

　　假如人們願意看，看著活在怪異的人群當中的我。諸多偶然產生的事物，動物的、哺乳類的、昆蟲的，始終小於它們自身的尺度，或至少限制在它們必要的極限中。相對來說，它們喪失無限性，呈現上蒼的反智慧。對於這些

可笑的存在，原則來說，尼采先生的存在不是大問題……但他存在……

這些人們啊，顯然甚少真實存在……我必須這麼快把這件事說出。

幾乎沒有例外了。我在這世上的陪伴，僅有尼采。

布萊克與韓波太沉重太黑暗。

無辜的普魯斯特，無視於他隔絕於其外的風，限制了他。

只有尼采把孤寂歸還予我，「我們」言語。共同體如此不存在，尼采先生是個哲學家。

他對我說：「假如我們完成神之死，那便是偉大的放棄，對於我們自身而言的永恆勝利，我們將為這個喪失付出代價。」（《權力

意志》)

　　上面這段話的意義是：我依此而活，從瞬
間，一直到底。

　　我們無法在一無所有上建立什麼。
　　然而我們能在我們自身上，完成神之死。
　　足以打垮與壓倒我們的喜劇般的責任。

　　直到今天，人們還是在每件事上相互倚
靠，或倚賴神明。

　　我聽見，在我書寫的此刻，狂風席捲的喧
囂；在時光中，我小心揣度著噪音、轟隆聲、
與暴風雨，這時候，在無盡的天空裡，穿過爆
裂聲，給予我心臟裡橫淌的血液純粹的死亡，
我感覺被快速的極度暴力運動捲走。風不停歇
打著我的窗戶，然而隨著風，釋放開了鬥爭，

解放幾世紀以來根深柢固的不幸。我是多麼執狂地渴望鮮血，盲目地需要於愛的打擊。我想要永遠成為恨意的叫喊（被死亡所激起）。沒什麼比互相撕咬的犬類更美的。但我累了，發燒了。

「現在，全部的空氣加溫了，被大地上的微風環繞。現在你們裸體遊走，不論是好人或壞人。對於迷戀於『認識』之人，這是一場盛宴。」（《權力意志》）

「追逐繁星的思想者，隨著因循之道，不會是最深刻的。最深刻的思想者，是那種凝望自身，如同在浩瀚宇宙中，那種在自身當中帶有銀河之人，他知道銀河是如何的無道理可循。銀河只終究指向混沌與存在的迷宮裡。」（《知識的喜悅》）

〈1944年4-6月，機運的位置〉收錄的詩篇

然後我呼喊
在枷鎖之外
是否
還有希望

在我心深藏
一隻死去的蝙蝠

死去的蝙蝠
被獵殺了

於是在我手中世界已死
吹熄殘燭吧
在我沉睡之前

世界死於疾病

我是疾病

我是世界之死

心內的沉默

突現在暴虐的風中

我的太陽穴跳動著死亡

而一顆星星從黑夜落下

落在我挺直的骨骸上

黑

沉默裡我進犯天空

黑　我的嘴是一隻

黑色手臂

書寫於牆上以火焰之

黑

墓裡空洞的風

在我腦袋裡咆哮

那步伐的瘋狂的沉默
那打嗝中的沉默裡
有著天有著地

而那迷惘的天空中
我成了瘋子

我弄丟了世界　我死了
我忘了且埋葬了世界
在我骨頭做成的墓
喔我匱乏的眼
在死者的頭顱上

希望
噢我的木馬

在黑暗的裡有個巨人
是我這個巨人
在這木馬上

滿天星點
我的姐妹
被詛咒的男人們
星星啊你是死亡
發出了冰冷的光

閃電的孤獨
終於人類的缺席
我清空記憶
荒漠般的太陽
抹煞了名字

那顆星　我看見了

它的如冰的沉默
沉默如狼嚎叫
在我的背後使我摔倒
它將殺死我而我預見了

喔骰子一擲
在墓穴深處
用薄夜的手指丟出的

太陽鳥的骰子
醉醺的雲雀跳耀
我是一把
來自夜的箭矢

喔透明的骨頭
太陽裡醉醺的我的心
是黑夜的花莖

我為自己感到羞恥。我是軟弱的，易被影響的……我老了。

好幾年來，我放肆地破壞著，明目張膽地進行著某種遊戲。但無疑已經結束了，或許表面上是的。在這些時刻，行動肯定都會造成危險。

我的全部精力彷彿全然耗盡。

戰爭覆滅了我的希望（一切都是政治機器的把戲）；我因一場病而衰弱；持續不斷的焦慮拉扯我的神經（我再也不會認為隨機性是所謂的脆弱）。在道德的藍圖前，我感覺自己沉默地被限縮了（至高點是無法確認的，無人可以給予它名稱）。

這是完全相反於自我意識的：假如「有作為」有所謂的機運存在，我會去豪賭，這不是

次要的遊戲，而是賭上我的人生。即使衰老、生病且焦慮不安，我的特質還是挑釁的。我承受不了無盡的貧乏（如同怪物），我詛咒貧乏。

（假如以我現在生命的條件，我任性行走，頭昏腦脹。清晨五點，我感到冷，我懷念我的心臟。我只能試著睡去。）

生？死？我苦澀而貪婪渴求著糟糕的事物。我再也無法下注，以滑進恐懼裡。我知道一切已然失去。照亮我的白日，最終會照耀在死者上。

而我，一切事物盲目地取笑著生命。我在生命間行走，帶著孩童般的輕盈。

我聽著雨水打落。

我的憂鬱，死亡的惶惶威脅，這樣的恐懼，破壞著卻造就了高潮，我在內心翻弄這些死亡的威脅感，這一切糾纏著我，令我窒息。

但我會……走得更遠。

第四部

「我冒犯
我體內的
宇宙」

——附錄

巴塔耶年表

——1897

九月十日生於法國畢隆（Billom）。父親在他出生前已患有梅毒，並已失明。

——1901

舉家遷往漢斯，在此長大。父親，母親，與兩個兒子。家境極差，父親瀕臨瘋狂，母親神經衰弱。

——1911

輟學（被逐出校門）。註冊另外一所學校。

——1914

關鍵的一年。擺脫家庭的無宗教性（父親不信神，母親不關心）並信仰天主教。發現「在世上的主要事務就是寫作」。

—— 1915

大戰期間，「拋棄父親」避難。母親發瘋，並阻止巴塔耶探望父親。等到與母親回去漢斯時，已錯過父親臨終。

—— 1916

被徵召入伍，卻因肺病無法上戰場。

—— 1918

以本名出版第一本書《漢斯聖母院》。放棄當修道士。同年錄取夏特文獻學院，遷到巴黎。因為對於神聖與世俗的選擇猶豫，開始旅行。在倫敦大英博物館進行研究時，遇上了哲學家伯格森。他難掩失望，但從此後把「笑」當作重要的研究主題。

—— 1922

文獻學院論文答辯成功，並被任命為古文字學檔案員。二月間，前往馬德里高等西班牙研究學院（即後來的la Casa Velasquez）。五月七日，在馬德里競技場親歷了年輕鬥牛士之死，其眼睛和頭顱被牛角刺穿，成了日後《眼睛的故事》題材。

六月十日被任命為法國國家圖書館的實習管理員。在這段
時期閱讀了尼采，徹底轉變原先對宗教的興趣。

——1924
認識萊希斯，並將他介紹給藝文圈的朋友們，包括後來的
好友畫家馬松。

——1925
因為萊希斯而認識超現實主義。
認識精神分析師博黑爾，並進行精神分析治療。對於他的
創作有決定性的影響。
開始放蕩的生活，頻繁進出酒館、妓院。
開始聽人類學家牟斯的課。

——1926
在博黑爾的精神治療下，有了寫作的準備，他寫了《W.-
C.》业燒毀。超現實主義領導者布列東認為他過度瘋狂。
兩人藝術觀水火不容。

——1927

書寫《太陽肛門》，動筆寫《眼睛的故事》。

——1928

三月二十日與希爾維亞‧馬克萊斯結婚。

以Lord Auch的假名完成並出版《眼睛的故事》。暗中賣出了134本。

——1929

在資助下創辦了《檔案》期刊。集結了超現實主義的反對者，並與超現實主義展開論戰，互相攻擊。

——1930

繼續與超現實主義論戰，尤其回擊《超現實主義第二次宣言》對他們本身的影射。攻擊布列東的文章〈薩德的使用價值〉成為他將來相當重要的思想作品。

——1931

《檔案》停刊。出版《太陽肛門》。加入共產黨。母親過世。

—— 1933

《社會批評》上登出〈耗費的觀念〉，是二十世紀談論消費的本質與奢侈文化相當重要的文章。

—— 1934

開始聽科耶夫的講座，造成他極大震撼。感到「被扯斷、打碎、殺死了十次」。

對即將來臨的法西斯主義感到悲觀。開始寫《天空之藍》。

與妻子形同陌路，天天上妓院，身體出現警訊。

—— 1935

與布列東和解，組織「反擊」，對抗法西斯主義。但巴塔耶激進的言論，看起來比法西斯走得更遠，仍令團體不信任。

—— 1936

發行《無頭人：宗教、社會學、哲學》期刊

——1937

建立無頭人祕密社團，以神祕宗教的方式想像這團體。
與萊希斯、蕭伊瓦發表《創建社會學院宣言》，成立「社
會學院」。定期在小書店發表演講與論文。

——1939

因歐洲戰事來臨結束了「社會學院」，開始寫與戰爭意識
有關的作品《有罪者》。

——1940

一直在國家圖書館工作。並與布朗修相識，相見恨晚，並
刺激他寫作。寫作並以假名Pierre Angélique出版《艾德瓦
爾達夫人》。

——1942

因患上肺結核，辭去國圖的職位。將《內在經驗》完稿。
完成小說《死人》。在布魯塞爾出版《尼采的笑》。

——1943

在伽利瑪出版社出版《內在經驗》。繼續寫作《有罪

者》。撰寫《大天使》。以Louis Trente筆名出版《渺小》。搬到維茲來。

——1944

開始寫《關於尼采》。出版《有罪者》、《大天使》。

——1945

在伽利瑪出版《關於尼采》與《備忘錄》。搬回維茲來。二戰結束。

——1946

創刊《批評》。與希爾維亞正式離婚。

——1947

出版《哈雷路亞》、《沉思的方法》、《老鼠的故事：Dianus日記》、《詩之恨》。

——1948

《批評》獲得年度最佳雜誌獎，接受《費加洛報》採訪。

——1949

出版《被詛咒的部分 I：消耗，論普遍經濟學》。為了經濟問題，重回圖書館管理員工作。《批評》停刊，一年未出新刊。

——1950

在子夜出版社出版《神父C.》。被認為影射真實人物，遭到抗議。寫《母親》。

——1951

與黛安娜再婚。寫《情色論》。

——1953

撰寫《被詛咒的部分》的第二卷和第三卷。為《批評》提供六篇文章，包括〈從動物到人以及藝術的誕生〉、〈共產主義和斯達林主義〉和〈薩德：1740-1814〉。

——1954

再版《內在經驗》，附有《沉思的方法》和《1953年附言》。作為「無神學三部曲」的第一卷。

——1955

已是法國當代最有影響力的哲學家，海德格稱讚：「巴塔耶是當今最具思想力的法國腦袋。」

——1956

再版《艾德瓦爾達夫人》，一樣以筆名Pierre Angélique表示，但加上本名寫的前言。與布列東、考克多等人為《索多瑪120天》的出版商辯護。為《批評》提供三篇文章。

——1957

公開演講「情色與死亡的吸引」。出版1934年寫的《天空之藍》。兩度身體不適入院療養。出版《文學與惡》、《情色論》。

——1958

出版《有罪者》。

——1959

出版《吉爾‧德‧赫的審判》。撰寫《愛神的眼淚》。

——1961

出版《愛神的眼淚》。伽利瑪再版「無神學三部曲」第二卷《有罪者》，附有最終版本的《哈雷路亞》。 但因為《愛神的眼淚》當中插圖過於血腥，成為巴塔耶唯一一本禁書。

——1962

將《詩之恨》改名為《不可能性》重新整理出版。調回國圖的請求批准，身體狀況卻不允許。七月八日早上去世。葬在維茲來靠近教堂附近的小墓地裡。墓碑僅僅刻有姓名和生卒年：喬治‧巴塔耶，1897-1962。

巴塔耶著作列表

——1918
《漢斯聖母院》Notre-Dame de Rheims

——1926
《W.- C.》

——1928
《眼睛的故事》Histoire de l'œil

——1930
〈薩德的使用價值〉La valeur d'usage de D.A.F. de Sade

1931
《太陽肛門》L'Anus solaire

—— 1933

〈耗費的觀念〉 La Notion de dépense

—— 1941

《艾德瓦爾達夫人》 Madame Edwarda

—— 1943

《內在經驗》 L'Expérience intérieure

《渺小》 Le Petit

—— 1944

《有罪者》 Le Coupable

《大天使》 L'Archangélique

—— 1945

《關於尼采》 Sur Nietzsche

《備忘錄》 Mémorandum

——1947

《詩之恨》La haine de la poésie （1962年改書名為《不可能性》L'Impossible）

《哈雷路亞》L'Alleluiah

《沉思的方法》Méthode de méditation

《老鼠的故事: Dianus日記》 Histoire de rats, Journal de Dianus

——1949

《被詛咒的部分》La Part maudite

——1950

《神父C.》 L'Abbé C

——1957

《文學與惡》La Littérature et le Mal

《情色論》L'Érotisme

《天空之藍》Le Bleu du ciel

── 1959

《吉爾‧德‧赫的審判》 Le procès de Gilles de Rais

── 1961

《愛神的眼淚》 Les Larmes d'Éros

以上為《夜讀巴塔耶》書內提及主要作品中法對照,並非完整作品年表。另,出版年代以首度出版為主,再版與收錄於其他合集則未列在內。

夜 巴
讀 塔
　 耶

作　　者	朱嘉漢
總 編 輯	陳夏民
校　　對	顏少鵬
書籍設計	陳恩安

出　　版　逗點文創結社
　　　　　地址｜桃園市330中央街11巷4-1號
　　　　　網站｜www.commabooks.com.tw
　　　　　電話｜03-335-9366
　　　　　傳真｜03-335-9303

總 經 銷　知己圖書股份有限公司
地　　址　台北公司｜台北市106大安區辛亥路一段30號9樓
　　　　　電話｜02-2367-2044
　　　　　傳真｜02-2299-1658
　　　　　台中公司｜台中市407工業區30路1號
　　　　　電話｜04-2359-5819
　　　　　傳真｜04-2359-5493

印　　刷　通南彩色印刷有限公司

初版　2020年12月｜定價　新台幣380元

夜讀巴塔耶／朱嘉漢作. -- 初版. -- 桃園市：逗點文創結社，
2020.12｜256面；10.5×14.5公分. --（言寺；72）｜ISBN 978-986-
98170-9-7（平裝）｜1.巴塔耶（Bataille, Georges, 1897-1962）2.法國
文學 3.文學評論｜876.4｜109016004